MARY CHATILLON

LA

LÉGENDE SACRÉE

PARIS

CHARLES DOUNIOL, LIBRAIRE-ÉDITEUR

29, RUE DE TOURNON, 29

MARY CHATILLON

LA

LÉGENDE SACRÉE

PARIS

CHARLES DOUNIOL, LIBRAIRE-ÉDITEUR

29, RUE DE TOURNON, 29

LA

LÉGENDE SACRÉE

PREFACE.

Le titre de ce livre en dit suffisamment l'esprit et l'intérêt : des récits scéniques de l'Ancien Testament, des paraboles évangéliques, des élégies, des thrènes, des nocturnes, tel est le thème que l'auteur s'est imposé, le cercle dans lequel il s'est restreint. Rien de profane n'est entré dans son cadre. Ce recueil, qui fait suite à ses *Etudes poétiques,* n'est pas de ceux que vierge ne doit lire. Que l'imagination déréglée de l'adolescent cherche ailleurs des descriptions licencieuses, des peintures libres, des détails d'une moralité douteuse. La passion n'a point sa place ici, et des sujets de fantaisie même honnêtes auraient troublé l'unité du volume et fait un con—

traste pénible avec le caractère religieux
dont sont empreints ces divers petits poè-
mes.   .

Mais ne touchez pas à la hache, pourrait-on peut-être dire à l'auteur. Nadab et
Abiu (en hébreu, *le spontané* et *le volontaire*)
usurpent les simples fonctions de thurifé-
raires et sont dévorés par les flammes. La
tunique de lin dont ils s'étaient affublés leur
tient lieu de suaire. Plus tard, tandis que
David, revêtu d'un éphod, danse devant
l'arche au son des sistres et des cymbales,
joyeux cortége, les bœufs du chariot sacré
reculent effrayés devant quelque obstacle,
l'arche penche et périclite; son conducteur,
Oza (en hébreu, *l'homme fort*), y porte la
main pour la soutenir, il tombe foudroyé.

Il faut bien convenir que ces exemples
de sévérité des temps mosaïques ne sont
redoutés aujourd'hui ni des gens de sacris-
tie ni des gens de lettres; vases et livres
sacrés peuvent, hélas! être impunément
profanés par les uns et par les autres; la
terre n'a plus de lave, le ciel n'a plus de

feu pour frapper les sacriléges. Cependant,
telle est la version sacrée, et tout catholique doit l'admettre sous peine de scis-
sion avec l'Eglise. Aux yeux de certains
savants, il est vrai, le phénomène, si insolite
et si extraordinaire qu'il soit, a sa raison
cachée et son explication dans une cause
physique dont la régularité exclut toute in-
tervention supérieure exceptionnelle, c'est-
à-dire le miracle. Libre à ces messieurs de
ne voir dans les morts étranges dont nous
venons de parler que des accidents purement naturels. L'auteur de ces pages n'a
rien du savant, et, dans son ignorance des
idiomes sémitiques, il accepte tel quel, sans
restriction et sans réserve, le texte officiel de
la *Vulgate* pris dans le sens littéral. Est-ce
assez explicite? comme les libres penseurs
vont sourire d'un pareil chauvinisme! il
croit simplement et franchement à l'au-
thenticité des Livres saints, en d'autres ter-
mes, à la révélation. C'est la foi de son
père, le fruit de son éducation, la résul-
tante de ses études. Du reste, le catholi-

cisme est à ce prix ; un point de doctrine est indiscutable, si vous y touchez, tout s'écroule. Pas de concession possible en matière de dogme ; vous n'avez pas le choix, il faut tout prendre. La morale peut, avec le temps, se modifier dans une certaine mesure disciplinaire; le dogme est immuable, éternel comme Dieu. Voilà ce que l'école des rationalistes ne comprendra jamais.

Mais l'immutabilité de doctrine n'amène-t-elle pas forcément aussi un état stationnaire dans le mode, un temps d'arrêt dans l'idée ? Délicate question. Pressée maintes fois d'opérer certaines réformes jugées utiles, sinon nécessaires, soit dans son régime administratif, soit dans son éducation cléricale, le moule dans lequel sont jetés ses prêtres étant assurément perfectible, la Cour de Rome, juge souveraine, infaillible, a toujours répondu avec calme et finesse : *sint ut sunt aut non sint*. Heureux peuple romain qui ne connaît pas son bonheur !

La Bible, cette arche sainte des chrétiens, est livrée, de nos jours, aux chercheurs qui la tiennent en suspicion et semblent vouloir la trouver en défaut. S'il ne fallait pour cela que faire violence au mot sémitique, en lui prêtant un sens élastique selon les besoins du système, le moyen serait vulgaire et la fraude promptement découverte. Ils font mieux. Ils s'en prennent au passé. Ils exhument les générations disparues, dans l'espoir qu'elles se lèveront en témoignage contre les croyances acceptées. Mais le résultat qu'ils obtiennent est tout différent de celui qu'ils attendaient. Collez l'oreille contre terre, n'entendez-vous pas comme un concert merveilleux qui s'en élève, comme un psaume sans fin qui parle de Dieu?

D'où nous viennent ces vaines théories, ces folles disputes, ces injustes attaques, ces éternels conflits, ces luttes plus violentes et plus âpres que jamais, sinon des lueurs d'un demi-savoir, de connaissances superficielles, de notions indécises qui mè-

nent droit au matérialisme, ce fatal système, dont les tendances ne pourront plei-
nement se développer qu'avec la liberté de
l'enseignement supérieur, si hautement
réclamée. Loin de nous de tels maîtres.

Evidemment, ces discussions ne sont pas
de notre domaine ; il ne nous appartient
en aucune façon de traiter la question dog-
matique ; c'est à peine même si nous pour-
rions la poser. Mais nous demandons qui
apportera le rameau d'olivier, ce symbole
de la paix et du progrès, à ces chers dilu-
viens qui ne savent où prendre terre. Le
catholicisme n'est pas l'ennemi de la
science, « dont chaque révélation, » dit
excellemment M. Duruy, dans un discours
aux *Sociétés savantes*, « ajoute à l'idée de la
grandeur divine ; » le catholicisme, au
contraire, honore la science chez le vrai
savant, plus apte que tout autre, non pas
à saisir, mais à étudier avec plus ou moins
de succès l'harmonie de l'œuvre de Dieu,
ce nom sacré qui faisait courber le front
de Newton.

Non, la foi n'est pas éteinte en Israël. Il reste encore des justes, pieux gardiens des saines traditions, qui sont le lest de toute société. Dans les familles patriarcales, la Bible occupe à la bibliothèque la place d'honneur, et, le soir, maîtres et serviteurs assistent à la lecture qu'en fait l'aïeul avant le couvre-feu ; dans les communautés chrétiennes, le texte sacré est entre toutes les mains ; dans les colléges ecclésiastiques, chaque élève le porte sur soi et ne le lit qu'à genoux ; dans nos églises, les fidèles se lèvent pour l'entendre, afin d'affirmer par un maintien plus recueilli l'autorité de sa doctrine ; enfin, à la cérémonie du sacre, le prince prête serment au peuple, la main sur l'Evangile. Ce culte de la Bible est donc universel.

Toutefois, l'écrivain catholique qui s'inspire des livres saints doit éviter un dangereux écueil : fausser le sens, dénaturer l'esprit, altérer la simplicité du récit biblique ; ou bien encore, en voulant imiter servilement, rapetisser le modèle. Cet

écueil est d'autant plus sérieux que la pensée astreinte au rhythme, vrai lit de Pro-
custe, subit nécessairement une atteinte
dans l'expression, rarement exacte. L'auteur de ce recueil a-t-il été assez heureux
pour tourner l'obstacle? Il n'oserait là-
dessus solliciter les suffrages.

En ce temps de décadence politique et
de bassesse universelle, à cette époque de
fiévreuse industrie où les nains se disent
grands, où les valets sont maîtres, où tout
un petit monde de mirmidons se presse
chez le photographe afin de passer dans
la galerie des immortels, il est difficile de
saisir l'à-propos d'un nouveau volume de
vers. Le produire, c'est commettre en
quelque sorte un outrage au sens public.
Au surplus, ils sont rares les livres dont
l'apparition est un événement dans les lettres, et il faut tout le respect dû à l'éclat
du génie proscrit pour faire excuser les
pages pleines de haine qui nous arrivent
comme des épaves d'une île de la Manche. On ne peut donc douter un instant du

sort réservé à ce deuxième essai. Mais qu'importe! il est bon que chacun trace son sillon dans le champ de la pensée humaine, ouvert à tous les travailleurs, dût le jour de la moisson ne jamais luire! Perdu dans cet océan littéraire dont les flots mêlés d'écume montent toujours, le plus médiocre et le dernier venu n'a pas le ridicule espoir de se soutenir un instant sur les eaux et d'échapper au tourbillon, mais il se laisse bercer par la vague et sourit à l'abîme qui va l'engloutir.

Si tant d'autres avant lui ont fait naufrage, c'est que l'étude du poétique est un objet de luxe démodé. Cependant, il semble qu'elle mériterait bien quelques ménagements qui ne lui ont pas toujours été refusés. Cette étude n'était pas un vain mot au moyen âge; dès le xiiie siècle, Alexandre de Villedieu, dans son *Doctrinal*, assignait une triple fin à cet art : « Causa trimembris est, » quia ista scientia tendit finaliter ad de- » lectationem, ad memoriam firmiorem, » ad lucidam et venustam brevitatem. »

Ainsi, plus sages que nous, les anciens reconnaissaient du moins :

Que le vers flatte l'oreille ;

Qu'il exerce la mémoire ;

Qu'il donne de la concision au style.

Ces avantages sont déjà quelque chose ; mais, dans les âges primitifs, les poètes s'étaient fait une plus belle part encore. On n'avait pas de meilleurs maîtres pour l'éducation de l'humanité : Homère s'attribue un ministère sacré, *sacer, interpresque deorum.* Tyrtée marche à la tête des armées ; Solon est à la fois législateur et soldat, exercé à la discussion et au pugilat ; bras vigoureux, tête fortement trempée, aussi brillant au Parthénon que vaillant en champ clos. Le poète, pour Virgile, n'a rien de l'homme : *nec vox hominem sonat.* Horace le traite en esprit supérieur, *mens divinior,* et l'appelle bouche d'or, *os magna sonaturum.*

Le poétique n'était pas alors un talent de convention, une élégance de forme, un luxe de civilisation ; mais l'âge mûr des

peuples chassera toujours l'âge d'or des
poètes. Le temps n'est plus où troubadours
et trouvères étaient les hôtes fêtés des
châteaux, où un quatrain boiteux, un son-
net estropié valaient des prébendes à leur
auteur.

« J'ay appris, » écrivait Chapelain à Col-
bert, le 15 septembre 1667, « que le son-
» net sur l'entrée du Roy en Flandre que
» j'avois laissé à M. Perrault, *pour en*
» *avoir vostre jugement*, avoit trouvé grâce
» devant vous, ce qui m'a redoublé l'envie
» de le rendre moins indigne de Sa Ma-
» jesté, et je me donne l'honneur de vous
» l'envoyer retouché. »

Aujourd'hui, des bouledogues dressés
défendent aux baladins et paladins (lisez
mendiants), l'accès du plus petit châtelet,
et si l'hospitalité s'y donne encore, ce n'est
plus aux bohèmes. Les dieux s'en vont.
Quant aux Mécènes, ces oiseaux rares n'ont
jamais pu s'acclimater en France. On a beau
prétendre que nul n'est poète par grâce
administrative, que l'esprit souffle où il

veut, que l'écrivain n'a de valeur que par
l'indépendance, nous n'hésitons pas à dire,
sans demander pour lui de tutelle, encore
moins de lisières, que si le talent n'est pas
à l'abri du calcul, s'il n'a ni le pain ni le sel,
il mourra de consomption, sinon d'inani-
tion; dans un bureau, il s'étiolera faute
d'air et de soleil. Le poète alors disparaîtra
sous les paperasses, vétilles et minuties,
pour faire place au mannequin. Désormais
souple et réservé, et surtout régulier comme
un coucou de cuisine qu'on remonte tous
les matins, il pâlira sur les dossiers pou-
dreux, barbotera dans les feuilles de service, s'enroulera dans l'inextricable réseau
des affaires et tombera dans l'engrenage;
éternelle histoire de la mouche et de la
toile d'araignée. Mais en revanche, dans
cette serre chaude, il cultivera la formule,
le protocole et toutes les fleurs du style
administratif, merci! Et puis chacun sait
que l'emploi d'expéditionnaire n'a jamais
été une sinécure. Cela reconnu, que pou-
vons-nous attendre d'un misérable copiste

qui consacre à son administration, bon an mal an, dix heures de travail par jour, dimanches et fêtes compris, du 1er janvier à la Saint-Sylvestre? Certain poète de la pléiade nébuleuse n'at-il pas dit, dans une épître à un sien condisciple, devenu plus tard cet habile ministre de l'intérieur, si cher à la presse en général et au *Siècle* en particulier :

« Ah ! s'il me faut donner, pour maintenir mon bail,
» Tant de coups de stylet, tant d heures de travail,
» J'ai le droit d'être las au bout de ma journée. »

Reste l'appui — ressource suprême — des grands confrères. Nous les avons vus de près ces crocodiles, grassement payés, logés dans les palais de l'Etat, amis du cumul et des honneurs, à la recherche des successions vacantes, à la piste des veuves millionnaires, même édentées, même folles. La toilette de ces ci-devant est plus chargée d'ingrédients de toute sorte, fard, eaux de senteur, poudre de riz, perruque et ratelier, que ne l'est celle des dames de car-

ton des Italiens, et des princesses réunies
de Mabille et du Casino, de Bullier et autres lieux infects Nous les connaissons ces
généreux paillasses, fidèles à leur devise :
suaviter in modo, fortiter in re, qui viennent
offrir amicalement aux *Petits* en disponibi-
lité, dans le seul but de leur venir en aide,
« 30 centimes l'heure d'un travail justi-
fié. » C'est ce qu'ils appellent donner un
os à ronger. Laissons-les s'attifer en paix,
dans leur boudoir, ces vieux beaux, gla-
bres maquillés, ces maîtres... en l'art de
peindre, qui ne comptent que 60 printemps,
et présenter à la cassolette parfumée leurs
pieds fourbus, pour dissimuler apparem-
ment une infirmité qui rappelle les bottes
du bon gendarme. Jeunesse mâle et stu-
dieuse, voilà vos modèles. Mais glissons
sur ces détails qui révèlent un côté du métier et poursuivons notre sujet.

On ne doit pas trop s'étonner, au fond,
de l'isolement dans lequel on laisse l'homme de lettres. L'Etat, a dit un économiste,
n'aurait pas de cages assez grandes pour

loger tous ses aigles. Rien de plus commun, en effet, que l'esprit; il abonde sur
la place. Que de productions remarquables
écloses un même jour, feuilles éphémères,
sans doute, mais qui n'en accusent pas
moins une certaine vitalité : La *Torche*,
qui promet de n'être pas incendiaire; la
modeste *Veilleuse*, que l'on a prise pour un
phare, le *Falot* séditieux; le *Réverbere* mu-
tin; le *Lampion* révolutionnaire; la *Chan-
delle* grincheuse. Qui donc oserait soutenir
que ce siècle n'est pas le siècle des lumiè-
res? Certes, nous ne pouvons manquer d'y
voir, à moins que la *Mouchette* et l'*Eteignoir*
ne nous replongent dans les ténèbres; ces
hommes de lettres sont capables de tout.

Les choses de l'esprit se vendent au
poids, quand toutefois elles se vendent. On
achète le *Catalogue officiel du Salon*, qui s'en-
lève par milliers, on n'a pas d'argent pour
une œuvre purement littéraire; et si cette
œuvre a revêtu précisément la forme artis-
tique du rhythme, nécessaire au sujet
traité, elle sera dédaignée, méconnue, ré-

putée nulle et non avenue. La jurispru-
dence a son recueil; le commerce, ses ré-
clames; la mode, son album; la statistique,
ses annales; la Bourse, son bulletin; la musique, son écho; la famille, son musée; le
touriste, son guide; l'armée, son moni-
teur; l'agriculture, sa revue; l'école, son
manuel; le sport, son courrier. Toute
science, tout art, toute industrie possède
son annuaire, son agence et son agenda;
et l'on ne peut comprendre une corporation
sans statuts, une compagnie sans règlement, une société sans constitution. Le
vers seul semble rester en dehors de la loi
commune et faire exception à la règle.
Sans moyen de publicité, il est exclu hon-
teusement des feuilles publiques et des bi-
bliothèques populaires. Le poète le sait,
et cela ne le décourage pas; il poursuit son
œuvre en silence, et pour cultiver son talent, vrai ou faux, ce n'est pas trop de ses
veilles et des dures privations qu'il s'impose. A l'exception des maîtres qui se
comptent, *rari nantes*, quel est l'écrivain

qui vit de sa plume? Quel est l'homme de
lettres qui n'est pas son propre éditeur?
Sous Montesquieu, dit-on, les libraires ar-
rêtaient les passants en les suppliant d'é-
crire leurs lettres persanes. Nous sommes
loin de cet heureux temps d'esthétique.

Pourquoi le vers n'a-t-il pas la faveur du
public? quel est le motif de l'ostracisme
qu'il a toujours subi? Cette question pourrait être agitée sommairement ici. Ce motif est multiple. Pour quelques-uns, le vers
est un poison comme l'absinthe, ce toxique
couleur d'émeraude; pour le plus grand
nombre, c'est un soporifique comme l'o-
pium. On pourrait dire aussi que le vers
n'est proscrit qu'à raison de sa facture éle-
vée, qui le rend inaccessible à certaines
natures, du reste bien douées, pour les-
quelles il demeure à l'état de fruit défen-
du. Il en est, ce nous semble, de la poésie
comme de la musique. Celle-ci plaît-elle
à tous? Demandez à Lazarille. Il vous
avouera sans difficulté que la musique l'é-
nerve. De même, essayez de lire aux mari-

tornes et aux ravaudeuses quelque chef-
d'œuvre d'un maître, un passage de *Cinna,*
de *Phedre* ou de *Galilee,* elles demanderont
grâce avant le dixième vers, et convien-
dront qu'un bon gros drame de l'Ambigu
ferait bien mieux leur affaire. La poésie est
une musique intérieure : tous ne l'enten-
dent pas, faute d'oreille, et ceux qui croient
l'entendre ne la goûtent pas toujours, parce
qu'ils ont l'oreille dure. D'ailleurs, l'instinct poétique se développe chez les mas-
ses plus difficilement encore que l'instinct
musical.

On peut expliquer également et justifier
jusqu'à un certain point par la structure
même du vers français, l'indifférence qu'il
rencontre. D'abord, la rime plus ou moins
défectueuse fatigue l'attention au lieu de
la reposer ; puis l'uniformité de la mesure
peut lasser à la longue. Le vers des anciens, latin ou grec, n'offrait pas cet in-
convénient, inévitable dans les langues
vivantes, dont la syntaxe est à peu près
nulle. Sa facture, libre de toute conson-

nance rimée, lui donne une allure complé-
tement indépendante. Alternative de sylla-
bes brèves et longues, qui ne peut en
aucun cas nuire à l'euphémisme, il faut
une oreille exercée pour le distinguer de
la prose, quand il ne s'agit, bien entendu,
que du petit vers : iambique, ionien, pha-
leuce, falisque, asclépiade ou phérécra-
tien.

Quoi qu'il en soit, il est parfaitement sûr
que les anciens, comme les modernes,
étaient peu friands de ce genre de littéra-
ture. Les poètes et leurs ombres n'étaient
pas mieux traités au siècle d'Auguste et de
Périclès que sous le régime actuel.

Pétrone, cet écrivain plus licencieux que
délicat, quoi qu'en dise M. Héguin de
Guerle, met en scène un poète du temps,
auquel il prête un rôle qui n'est pas seulement ridicule. Son Eumolpe est un vaurien
de la pire espèce, dont le moindre défaut
est de faire d'assez beaux vers que le bon
public bafoue. Si l'on n'y prend garde, ce
personnage profite de la première distrac-

tion de l'assistance pour lui débiter ses ti-
rades et lui faire avaler son produit, à la
façon de ce comte belge qui ingurgitait la
nicotine à son beau-frère. Maintes fois, le
drôle se fit un mauvais parti avec sa manie
de déclamer :

« Hoc est, Eumolpe, quod promiseras ne
» quem hodie versum faceres? Per fidem,
» saltem nobis parce, qui te nunquam la-
» pidavimus. Nam si aliquis ex his, qui in
» eodem synœcio potant, nomen poetæ ol-
» fecerit, totam concitabit viciniam, et
» nos omnes sub eadem causa obruet. Mi-
» serere et aut pinacothecam, aut balneum
» cogita. »

« Eumolpe, est-ce ainsi que tu tiens ta
» promesse de faire pour aujourd'hui trève
» à la poésie? De grâce, épargne nos oreil-
» les, nous ne t'avons jamais lapidé. Car
» si quelqu'un de ceux qui boivent près de
» nous dans cette auberge venait à flairer
» un poète, il mettrait tout le voisinage en
» rumeur, et, nous prenant pour tes com-

» plices en Apollon, on nous assommerait
» tous trois en même temps. Cesse, par
» pitié, et rappelle-toi ce qui vient de t'ar-
» river aux bains et sous le portique. »

Nos contemporains ont la bonté de ne
plus chasser ces rêveurs à coups de pierre,
comme dans les beaux jours de l'antiquité;
mais, lapidation à part, il est douteux que
leur sort se soit amélioré. Chaque profes-
sion a son utilité, chaque métier a sa raison d'être : Le portier est une puissance,
le failli vaut son pesant d'or, l'avocat vous
tombe, le médecin vous tue, le balayeur
vous éclabousse, le chiffonnier vous habille,
le raseur vous coupe, le traiteur vous mal-
traite, quand il ne vous empoisonne pas.
Mais que ferez-vous de l'Orphée moderne?
quelle fonction lui attribuer? quel emploi
lui confier? C'est une pure inutilité dans le
rouage administratif. *De plano*, on le juge
versatile, frivole, incapable de porter le
fardeau d'un devoir positif. Avec quel soin
on le tient éloigné des fonctions publiques

et même des plus maigres emplois ! Si on
le recommande, c'est à la façon de ce doc-
teur qui disait honnêtement d'un confrère
plus habile que lui : « Je ne lui confierais
pas le pied de mon cheval. »

Quelle est donc la vraie cause de la mesure draconienne dont les poètes ont souf-
fert à toutes les époques? Dans l'impuis-
sance de résoudre cette question, nous ne
pouvons mieux faire que d'en proposer la
solution à MM. les philologues de l'Académie des inscriptions et belles-lettres. Tant
que ce problème ne sera pas résolu, et tout
fait croire qu'il ne le sera pas de sitôt, la
famille des poètes, cette légion, continuera
son œuvre lamentable. Ces cicadaires
bruyantes attristeront de leur chant mono-
tone et fastidieux les princes de la littéra-
ture. C'est que l'homme est né pour le travail, c'est que tout ce qui a vie dans la
nature revêt sa forme d'activité. Chacun
suit son idée et fait son œuvre. L'admi-
nistrateur agit, le chimiste combine, le savant suppute, le graveur burine, l'abeille

butine d'or pour son alvéole; le poète
chante pour obéir à la loi commune. L'é-
tude, si pénible aux paresseux et aux esprits superficiels, est pour lui pleine d'at-
traits; l'étude, comme le désert, grandit
l'âme en l'isolant; elle procure une sage
distraction, un utile loisir, un plaisir fruc-
tueux; elle console de l'outrecuidance et
de l'égoïsme de ceux-ci, les parvenus; de
la platitude et de la duplicité de ceux-là,
les expectants. Enfin, et c'est là son avan-
tage immédiat et son plus clair profit, elle
repose des arides travaux du métier pro-
fessionnel.

La rude besogne de chaque jour n'a jamais empêché les salariés de toutes les
époques de consacrer leurs loisirs aux recherches savantes, aux joûtes littéraires.
Oui, l'employé lui-même, ce soldat de
plomb, ce paria de l'administration, a ses
heures de villégiature, *feriæ forenses,* ré-
servées aux joyeux délassements de l'esprit.
Il la trouve partout sa villégiature, comme
le moineau franc son nid : sur la grue

d'un quai, sous l'arche d'un pont, quelquefois même entre deux cheminées d'un
sixième étage, sur un toit à angle aigu, jusque dans un réduit caché du quartier le
plus populeux de la cité, où se réunissent
ses pairs, comme dans une autre cour des
miracles. Telle était la lice chansonnière
du *Petit Jardinet,* en l'an d'ordre 1845, du
règne du roi bourgeois qui avait du bon,
le xve.

Le Petit Jardinet n'était pas, on le pense
bien, un diminutif des jardins de Le Nôtre.
Une tonnelle assez mal garnie de plantes
sarmenteuses et grimpantes, lierre et chè-
vre-feuille enlacés, avait donné ce nom à
un bouge sombre, relégué au fond d'une
troisième cour d'une maison de modeste
apparence du faubourg Saint–Denis. Un
étroit couloir où se mourait un quinquet
malade conduisait à cet eldorado primitif.
Des bancs de bois grossier, des tables boi-
teuses composaient tout le mobilier de l'é-
tablissement. Le local, rez-de-chaussée humide et glacial où le jour pénétrait à peine

en plein midi, était sinistrement éclairé le
soir par trois ou quatre chandelles fumeu-
ses juxtaposées sur des cruchons vides, et
dont les jaunes reflets faisaient ressembler
visiteurs et licéens à des conspirateurs.
Pour être licéen, pour avoir droit de ta-
bouret à cette école du gai savoir, où se te-
naient les assises de la fine fleur lettrée, il
fallait faire preuve au moins d'une ombre
de talent. On y buvait chaud une bière
imaginaire; mais les voix étaient fraîches
et les choses débitées plus fraîches encore.
C'était la primeur de l'esprit parisien.

Le propriétaire de cet établissement était
un gai compère, proche parent du roi d'Y-
vetot et de Roger Bontemps. Élevé à la dignité de licéen moitié par faveur, moitié par
corruption des membres du bureau de cette
académie, il avait son tour de parole; mais
ses facéties étaient telles, sa turbulence si
orageuse, que le président était obligé de
le rappeler sans cesse à l'ordre et de le me-
nacer sérieusement, vingt fois par séance,
de le mettre à la porte, — à la porte de

chez lui ! — Tout cela, cependant, était fort
innocent et prêtait à rire. Les jeunes sa-
luaient les vieux par pure déférence ; les
vieux coudoyaient les jeunes par sotte ja-
lousie. Les bas-bleus ne manquaient pas :
on en trouve partout, comme les hannetons
en mai ; les bas-bleus apportaient dans le
cabas classique le précieux rouleau qui ren-
fermait les élucubrations de la veille.

Là venait exactement aussi le doux et
grave Lachambaudie, aux formes athléti-
ques, aux plans carrés, abritant sa philoso-
phie sous ses longs cheveux incultes. Son
extérieur négligé accusait sa complète indépendance, son dédain des usages reçus
et peut-être aussi ce douloureux *res angusta
domi*, apanage ordinaire des artistes et qui
les trahit partout. Quand son tour de dire
était venu, il secouait sa folle crinière,
comme un lion qui s'éveille, et lisait simplement, sans emphase, mais avec son
âme, une de ces fables qu'il sait si bien
ciseler. Visiteur ou licéen, chacun avait la
parole d'après son numéro d'inscription.

Un père Chevalier quelconque , redevenu poussière depuis longues années, chevrotinait, en dodelinant son chef dénudé, des couplets de circonstance. Il ne chantait pas, il sifflait ; ainsi la bise dans les ramures d'un bois dépouillé :

Pour éviter la grippe,
Nous nous réunissons
Aux amis de la pipe
Et des folles chansons.

Et l'assemblée de répéter ce début avec ensemble et de battre complaisamment des mains, à la grande satisfaction du bonhomme. De par le règlement, les matières politiques étaient interdites ; mais que de traits habilement décochés ! que d'allusions fines faisant sourire un auditoire d'élite ! Un tout jeune licéen, presque un enfant, lut un jour le *Convoi des souverains*. Il eut un succès fou. En voici les premières lignes, qui nous reviennent en mémoire après un quart de siècle :

Pleurez, pleurons,
Gars et tendrons,
Lorsque la Parque
Souffle un monarque,
Pleins de regrets,
Tous ses sujets,
Fonctionnaires
Et mercenaires,
La larme à l'œil
Portent son deuil.

Quel était ce poète charmant ? Où est-il ?
qui nous le dira ?... Où va la feuille ? Où
va le fruit ?

Enfin, dans ces soirées intimes, les pauvres n'étaient pas oubliés ; à chaque réu-
nion, un des initiés faisait pour eux une
collecte ordinairement fructueuse. Or, il
advint un jour que le vent de la police dis-
persa sur les quatre chemins ces hommes
inoffensifs, et, le bouge fermé, les poètes
n'ont pas eu leur lendemain.

En résumé, la poésie n'est pas sans quelque valeur, mais elle ne saurait avoir l'im-
portance que certains rêveurs intéressés

voudraient lui attribuer. A parler net, l'idée
est tout, ce nous semble, et la forme n'est
rien. Une pensée également bien traduite
en dix langues, perdra, il est vrai, de sa saveur native, mais elle restera elle-même :
vive ou délicate, sublime ou commune,
obscure ou claire, profonde ou forte. Le
style n'est donc que le vêtement et la parure de l'idée, pour ne pas dire comme
Buffon. Or, la poésie est ce vêtement et
cette parure, rien de plus, rien de moins.

L'auteur livre à ses lecteurs, si restreint
qu'en soit le nombre, ces réflexions pour
ce qu'elles valent. Mieux que personne, il
sent l'indigence et l'inanité de son travail ;
aussi se présente-t-il à eux avec la simplicité
tant recommandée par Shakspeare : *With
all sins on my head ;* mais il craint bien d'a-
voir fait aux yeux des esprits sérieux un
stérile labeur. Sa muse, si toutefois ce
terme appliqué à un pareil recueil n'est pas
trop ambitieux, sa muse ne connaît pas les
régions élevées. On ne pourrait dire d'elle,
ales musa, et ce serait de la bienveillance

pure de lui donner le titre de *musa pedestris*.
La veuve d'Elimélech, tombée, disait à ses
compagnes : « Ne m'appelez plus *Noémi*,
mais *Amara*; » et dans les jeux célébrés par
Enée sur les rivages de la Sicile, le vaillant
Entelle se retirait prudemment de la lice :

Cestus artemque repono

LIVRE ANTIQUE

LA MORT D'ABEL.

Vox sanguinis clamat ad me
de terra

GENESE c IV 10

Abel etait pasteur Chaque matin à l'heure
Ou le soleil levant visitait sa demeure,
Il embrassait son père et se couvrant de peaux,
Dans le plus gras pacage il guidait ses troupeaux

Le jour ainsi passé dans ce labeur pratique,

Le soir le retrouvait au foyer domestique :

Cercle étroit du devoir, horizon raccourci,

Mais sans nuage au moins et sans éclair aussi

Pour son frère Caïn la vie était moins douce,

Chaque jour amenait sa peine et sa secousse.

Il était laboureur, mais le sol en son pli

Rendait péniblement le grain enseveli

Caïn offrait à Dieu des fruits en sacrifice .

Abel plus généreux, sa plus belle génisse.

Le feu du ciel venait et lentement, sans bruit,

Consumait la génisse et dédaignait le fruit .

Aux yeux du paria préférence cruelle

Qui fit sourdre en son cœur une haine mortelle.

— Pourquoi, dit le Seigneur, ce visage abattu ?

Quand t'ai-je refusé le prix de ta vertu ?

Commence par bien faire et tu pourras comprendre

Jusqu'où sur mes enfants ma bonté peut s'étendre

— Cher Abel, dit Caïn de sa plus douce voix,

Voulez-vous avec moi pénétrer dans ce bois ?

Les bois ont leur beauté, comme ils ont leur mystère

— Je n'ai d'autres désirs que les vôtres, mon frère

Je suis encore ému d'un spectacle cruel

Que vient de me donner un étrange duel

Un tout petit oiseau, de l'espèce muscide

Beau comme un papillon sorti de chrysalide.

Au plumage émeraude, à l'aile de saphir,

En caressant les fleurs, faisait rougir Zéphyr

Je vois d'ici son nid, véritable cupule,

De troubler ses amours je m'étais fait scrupule

A la façon du sphinx et sans s'y reposer,

Il allait de corolle à corolle puiser,

Pour ses chers affamés, le doux miel du nectare

— Faites-moi grâce, Abel, de votre commentaire

Je ne vois jusque-là qu'un gai commencement,

Le terrible sans doute est pour le dénoûment.

—Tout à coup je distingue un point noir dans l'espace,

Il descend, il grossit, c'est un oiseau rapace,

1

A la serre puissante, au vol pesant et lourd,

J'entends, jeu régulier, des ailes le bruit sourd,

Les cercles qu'il décrit me donnent le vertige.

Mon bel oiseau nacré, fasciné sur sa tige,

Est soudain enlevé, mon frère, ainsi fut pris

Par un affreux vautour le roi des Colibris.

— Je ne vois dans ce fait rien d'extraordinaire,

Ne rêvons pas, Abel, un monde imaginaire

A peine ont-ils franchi le rayon paternel,

Caïn, l'œil enflammé, se jette sur Abel

Sa victime trois fois veut s'enfuir éperdue,

Trois fois il la retient à ses pieds étendue.

Sa face se contracte et sa calleuse main

Retombe de son poids sur un cadavre humain

— Abel, dit le Seigneur, tarde bien à paraitre,

Ou sera-t-il ? Caïn me le dira peut-être ?

— Moi ? Seigneur, dit Cain confus, je n'en sais rien
De votre favori suis-je donc le gardien ?

— Insensé, qu'as-tu fait ? n'entends-tu pas de terre
Monter la voix du sang de ton malheureux frère ?
Ton nom sera maudit, et toi-même proscrit,
Tu chercheras partout le repos de l'esprit.
Ivre du sang versé sur ce premier théâtre,
La terre ne sera pour toi qu'une marâtre.

— Mon crime est trop affreux pour être pardonné,
Murmura l'assassin, pourquoi donc suis-je né ?
Ainsi vous me chassez, Seigneur, de votre face,
La terre n'aura plus de fruits, quoique je fasse.
Vagabond, le premier qui me rencontrera
S'armera d'une pierre et me lapidera

— Pour que cela ne soit, je te marque d'un signe,
Chacun, à ton aspect, te fuira comme indigne.

AGAR ET ISMAËL.

Crevit in solitudine, factusque
est juvenis sagittarius

Genèse, c xxi 20

I

Ismael, le petit d'Agar, la domestique,
Joue avec Isaac, le fils de la maison
L'or se mêle au plomb vil, le château tient boutique,
Le roturier s'allie à l'orgueilleux blason

Le fiac noir fraternise avec la simple blouse,
Présage d'équilibre et d'un sage niveau,
Sara, l'ancien régime, ombrageuse et jalouse,
Expulse de son toit le régime nouveau

« Abraham, » dit Sara, « chasse ton égyptienne,
Je ne puis dominer ce caractère altier·
Telle mère, tel fils, que ma cause soit tienne.
Ismael au surplus n'est pas ton héritier. »

Ces mots jettent le trouble au cœur du saint prophète,
Comment se séparer de deux êtres si chers?
Cet étrange dessein soulève une tempête
Dans un crâne affaibli déjà par cent hivers

Quoi! briser des liens scellés par l habitude,
Cimentés de mon sang, affirmés sur ma foi!
Quand Agar et son fils charment ma solitude,
Je ferais follement le vide autour de moi

Livrer à l'inconnu du déseit une femme,
Fidèle à son devoir, admise à mon foyer,
Qui me donne ses soins, qui m'a donné son âme,
— Sans pitié ni merci tu dois la renvoyer

Mais qu'Ismael au moins à tes yeux trouve grâce !
Cet enfant, c'est ma chair, c'est mon sang, tu le vois,
Faut-il donc que d'Agar il suive la disgrâce ?
— Fais ce que veut Sara, dit encore la voix.

II

Vénus pâlit et la nuit est boiteuse,
L'aube projette une clarté douteuse,
Ce n'est plus l'ombre et ce n'est pas le jour
L'aurore enfin, habile avant-courrière,
Teinte de rose un rayon de lumière
Qui du soleil annonce le retour

L'heure est propice et dissipe le doute
Le patriarche oppressé ne redoute
Que le moment d'un déchirant adieu
« Voici le pain et voici l'outre pleine,
» Allez, Agar, devant vous est la plaine
» Allez, mon fils, à la grâce de Dieu !

» L'homme vient nu sur une terre nue,
» Et pour fêter alors sa bienvenue,
» La marâtre est avare de son lait.
» L'être chétif lutte contre l'obstacle,
» — Tout être humain est l'enfant du miracle —
» Dans l'imprévu la nature se plaît

» Celui qui donne au palmier sa parure,
» Au cerf son bois, au lion sa fourrure,
» Défend les siens et les protège tous
» Chacun de nous ici-bas suit sa voie,
» Allez, Agar, ou le ciel vous envoie,
› L'ange de Dieu marchera devant vous »

Le silence est du faible la seule arme
La fière Agar n'a pas même une larme,
Pas un regret à donner au passé
Elle repousse, à cette heure de fièvre,
Le flot haineux qui montait à sa lèvre,
Muet témoin de son orgueil froissé

III

Un océan d'arène un horizon de feu,
De l'ombre nulle part, mais partout le ciel bleu,
Il est midi, l'air vibre et pèse.
Le disque du soleil, radieux, rutilant,
Projette ses rayons sur le sable brûlant,
Foyer d une vaste fournaise

Dans ce fauve désert quelque maigre palmier
Présente tristement dépouillé son cimier
A la malheureuse qui passe

Le faible viatique épuisé, son enfant
Refuse d'avancer dans ce gouffre étouffant,
    Autant mourir à cette place

Toujours même horizon, toujours même rideau.
Agar dépose là son précieux fardeau,
    Et s'éloigne à cette distance
Que parcourt environ d un arc le javelot
« Seigneur, je suis l'esclave et souffrir est mon lot,
    » J'accepte pour moi ta sentence

» Mais qu'a fait l'innocent Ismael pour souffrir,
» Avant même d'entrer dans la vie et mourir
    » Sous les yeux de sa pauvre mère ?
» A quel haut avenir le prédestinais-tu ?
» Prends mes jours pour les siens. Ai-je assez combattu ?
    » Ai-je assez bu ta coupe amère ? »

Elle dit, boit ses pleurs et fléchit les genoux,
Comme pour désarmer le dieu fort et jaloux
    Qui la poursuivait de sa haine

Ainsi l'on vit plus tard le martyr de la foi
Pour sceller de son sang une nouvelle loi,
    Tomber au milieu de l'arène

IV.

    O joie ! une brise légère
    Rafraîchit soudain l'atmosphère,
    Assouplit les corps calcinés ;
    Une voix aussitôt s'élève
    Qui fortifie et qui relève
    Deux parias abandonnés.

    Cette voix n'est pas de la terre,
    Elle a quelque chose d'austère
    Que la voix humaine n'a pas :
    Elle est joyeuse en restant grave,
    Ferme à la fois et plus suave
    Qu'aucune note d'ici bas.

Tel le cygne quand il expire,

Tel le zéphyr quand il soupire,

Moins beau le chant de l'atelier ;

Moins calme le flot qui murmure,

Moins flatteur le bruit de l'armure

A l'oreille d'un chevalier.

V

« Le Seigneur dans sa main tient les jours de la veuve,

Ainsi le tisserand la navette de lin ;

Courage donc, Agar ; le terme de l'épreuve

  Viendra pour toi comme pour l'orphelin

» Chasseur dont le coup d'œil est juste et la main sûre,

A peine a-t-il frappé qu'aussitôt il guérit ;

Il ne blesse jamais sans panser la blessure ;

  Coupable ou non, il sauve le proscrit

» Il incline l'oreille aux accents légitimes

Le cri du malheureux sait monter jusqu'à lui.

Au vent de sa colère il faut d'autres victimes

    Que des enfants, des femmes sans appui.

» Ismael rejeté comme une algue au rivage,

Pour sa mère et pour Dieu doux objet de pitié,

Devient dans le désert l'homme fier et sauvage,

    Dont les tribus recherchent l'amitié. »

La voix se tait ; Agar lève un regard timide,

Le messager céleste aux cieux est remonté :

Mais l'air est tiède et doux, mais le sol est humide,

    Un filet d'eau jaillit à son côté

LE SACRIFICE D'ISAAC.

Ecce ignis et ligna , ubi est
victima holocausti ?

GENÈSE, c. XXII 7

Ingénieux réveil de la nature en fête,

L'aube des câpriers déjà dorait le faîte

Le bœuf en mugissant se rendait au labour,

Ce n'était pas la nuit, ce n'était pas le jour

2

Un calme universel appelait la prière .

L'ichneumon paresseux sommeillait sur sa pierre,

Le mordoré perchait muet sur son rameau,

La chèvre était couchée auprès de son jumeau.

Assoupi sous sa tente, Abraham, centenaire,

Voyait se dérouler son rêve millénaire.

Sur ce tapis d'azur, que Dieu tend sous les pas

Des chérubins mignons qui meurent ici bas,

Étincelaient les feux d étoiles plus serrées

Que les larmes des fleurs, goutelettes nacrées,

Que les sables semés au fond des océans ;

Ecrin de grand seigneur, jeu du maître céans,

Chaîne de diamants aux mobiles facettes,

Pour un jour d'apparat sortis de leurs cassettes

Le vieillard souriait :

                    « Oui, ma postérité

» Sera, Dieu me l'a dit, son verbe est vérité,

» Plus nombreuse que vous étoiles scintillantes,

» Qui remplissez le ciel de vos clartés brillantes

» Isaac grandit vite, il me sera donné

» De voir sur mes genoux sauter son premier né. »

— Ami, dit une voix des sommets descendue.

— Seigneur, dit Abraham, dont l'oreille est tendue.

— L'heure n'est plus de prendre un énervant repos ;

J'ai rempli tes greniers, j'ai triplé tes troupeaux,

Tes ennemis vaincus redoutent ma puissance ;

Et quels sont les effets de ta reconnaissance ?

Tu m'offres, comme Abel, des fruits, de loin en loin

Le sang d'un jeune agneau dont je n'ai nul besoin

De me prouver ta foi le moment est propice,

Je demande à ton cœur un autre sacrifice ;

Prends ton fils Isaac et rendez-vous d'ici,

Pour m'offrir l'holocauste, au lieu que j'ai choisi.

Tu le connais, ce lieu, c'est la montagne sainte

Où montent jusqu'à moi la prière et la plainte.

La victime sera ton Isaac aimé,

Le sacrificateur, ton bras du glaive armé

—« Dieu parle, ce n'est pas un cauchemar horrible,

Contre un ordre absolu le doute est impossible

Celui qui sait compter les jours du passereau

Pour moi, père, a créé le rôle de bourreau

Le sang de mon enfant, de mon enfant unique,

Souillant mes propres mains, empourprant ma tunique,

Me crîra jour et nuit . assassin, assassin !

Mais qui peut du Seigneur pénétrer le dessein ?

D'une race innombrable il m'a fait la promesse,

C'est à moi d'obéir sans doute et sans faiblesse

Cruel envers le père en cet affreux moment,

Dieu peut envers le fils se montrer plus clément »

Il dit L'heure d'après, ils cheminent ensemble,

Le bras du patriarche, armé du glaive, tremble

Figure de Jésus immolé sur la croix,

L'épaule d'Isaac plie. hélas ! sous le bois

Un soleil gris descend sur la feuille jaunie,

Et de blanches vapeurs, couvrant la plaine unie,

Offrent le trompe-l'œil de suaires mouvants,

Emportant dans leurs plis les rêves décevants

— Mon père ? dit l'enfant, étonné jusqu'aux larmes.

— Mon fils ? dit Abraham, cachant mal ses alarmes

— Voici le bois, le feu, voici le glaive aussi,

Mais vainement je cherche une victime ici.

— Reposons-nous sur Dieu, sa providence est grande

Est-il un don de nous qu'au centuple il ne rende ?

Pour sa cause et son nom heureux qui sait mourir ! »

L'autel est préparé, le bras prêt à férir

La victime de choix que le ciel lui désigne,

Les épaules d'ivoire à la blancheur de cygne,

Le glaive meurtrier est levé sur l'enfant.

— « Ne touche pas à l'oint que ma droite défend, »

Dit aussitôt la voix qui partait de la nue;

« Il suffit, car ta foi maintenant m'est connue

Puisque tu n'as pas craint de rougir mon autel

Du sang qui doit un jour féconder Israel,

Puisqu'à ma voix ton cœur de père a pu se taire,

Ta race couvrira la face de la terre;

Et modèle à donner aux générations,

Ton nom sera béni parmi les nations. »

Retenu par son bois aux ronces de la plaine,

Un bélier était là, disséminant sa laine,

Le vieillard le délivre, et pour marquer ce lieu,

Il l'offre en holocauste à la gloire de Dieu.

RUTH ET NOÉMI.

De vestris manipulis projicite de
industria, ut absque rubore colligat

Livre de Ruth, c. ii. 16

I.

Le pays de Moab, si riche et si fertile,
N'était pour Noémi qu'une lande stérile.
La veuve regrettait, dans son isolement,
Bethléhem la petite et son site charmant.

La maisonnette blanche, au levant exposée,
Et le berceau de pampre, humide de rosee,
Le côteau charge d'ombre et de fleurs, le verger
Ou broutait dans sa main la biche au pied léger :

« Je veux, dit-elle, aller mourir dans ma patrie,
Le vent de l'étranger étouffe l'industrie;
Je me suis épuisée en des labeurs ingrats
Et pour d'autres que nous sont les pacages gras,
Les fruits choisis, le lait des génisses jumelles,
Refusant à nos mains leurs pendantes mamelles.
Quand le maître jouit d'un indigne repos,
Au lever du soleil je garde ses troupeaux.
Je ne veux plus d'un sort que ma fierté dédaigne,
Sous l'anneau, qu'il soit d'or ou de fer, le bras saigne.
Pour vous, ma chère Ruth, mon bon ange gardien,
Qui rompiez avec moi le pain quotidien,
Voulez-vous partager ma triste destinée
Et souffrir pour ma cause esclave condamnée!

Non, non, je ne veux pas, moi, qu'il en soit ainsi.

Il vous reste à passer d'heureux jours, Dieu merci.

Vous êtes libre, allez rejoindre votre mère.

Loin du toit paternel la vie est coupe amère;

Allez et que le ciel, de vos vœux satisfait,

Vous rende tout le bien que vous nous avez fait

— « Vous quitter, Noémi, » dit Ruth bouleversée,

« Comment pourrais-je avoir, une telle pensée?

Où vous irez, j'irai; je vous suis en tout lieu,

Votre peuple est mon peuple, et votre Dieu, mon Dieu »

Elle dit et les pleurs sillonnent son visage.

— Pour la première fois ne seriez-vous pas sage?

Si je vous parle ainsi, Ruth, c'est pour votre bien.

En quoi puis-je vous être utile? hélas, en rien.

L'âge vient, avec lui son douloureux cortége.

La main tremble, le front se plisse sous la neige;

Le pas devient pesant, l'œil pleure et n'y voit plus.

Non, je ne nourris point des regrets superflus,

Je vis de souvenirs, ma carrière est remplie,

La volonté de Dieu sur moi s'est accomplie,

Mais je cherche pour vous le mot de l'avenir,

Je n'ai pas d'homme à qui je puisse vous unir.

Rester veuve à seize ans, mieux vaudrait rester fille,

Je veux, je veux qu'un jour votre jeune famille

Remplisse de bonheur et de bruit la maison.

Eh bien, capricieuse enfant, ai-je raison ?

— « Ne vous opposez pas à mon dessein, ma mère,

Mon bonheur est le vôtre et tout autre est chimère,

Je m'attache à vos pas, heureuse de mon sort,

Et déjouant aussi les calculs de la mort,

Nous aurons même gîte et même sépulture ;

L'amour contre ses coups nous fait une ceinture. »

La Moabite dit et ce beau dévoûment

Aussitôt fut scellé d'un long embrassement.

II

Le nid avait sa voix, le vallon son murmure

Dans les champs émaillés la moisson était mûre.

Les gerbes s'inclinaient aux caresses du vent;

Le pavot étalant sa corolle pourprée,

Et l'épi balancé sur sa tige dorée

    Se livraient le tournoi suivant

LE PAVOT.

    Joyeux messager de Morphée,

    Ma frêle tige a la vertu

    De la baguette d'une fée,

    J'endors le travail abattu.

    Je suis l'utile somnifère

    Qui veille au repos des humains,

    C'est moi qui dans chaque hémisphère.

    Tient le sceptre en mes faibles mains

L I PI

Mon grain nourrit la terre entière,

Noir ou blanc, il est savoureux,

Mon chaume seul, c'est la litière

Qui sert à plus d'un malheureux

Je suis d'une largesse égale,

Je sais me trouver à la fois

Sur la table la plus frugale

Et sur la tricline des rois.

II PAVOT

Il n'est pas un coin sur ce globe

Où mon pouvoir soit méconnu,

Le seul incarnat de mon lobe

Orne plus d'un front ingénu

Petite ouvrière s'oublie

Jusqu'à me ravir mes couleurs,

Je ne suis pas la plus jolie,
Je suis la plus sage des fleurs

L'ÉPI

Ma présence dans la chaumine
C'est le bonheur et la gaîte,
Mon absence, c'est la famine
Dans la campagne et la cité.
Recherché du peuple et du prince,
Je suis une manne des cieux,
Mon fruit, peut-être le plus mince.
Est certes le plus précieux

Aux premiers feux du jour, le père de famille
Venait par les chemins, armé de sa faucille,
Destinée à gerber les flots de la moisson.
Dociles à sa voix, les bœufs de l'attelage
A vide, lentement descendaient le village
En broutant la fleur du buisson

Derrière eux s'avançait le groupe domestique,

Tout le train composé de la maison rustique

La matrone, le gars, des fleurs au chaperon,

L'aïeul grave, appuyé sur sa canne-béquille,

La jeune villageoise, à taille de jonquille,

    Aux cheveux tordus sur le front

Voici le champ béni ! l'alouette éveillée

Abandonne à regret la tige encor mouillée ;

L'œuvre de la moisson partout a commencé,

Sous le fer arrondi l'épi scié crépite,

Ruth se glisse, sa main tremble, son sein palpite

    Au premier épi ramassé

L'air est chaud et pesant sous un soleil qui brûle,

Le chant ranime mieux que l'ombre et la férule,

Soprano villageois, entonne ta chanson :

Un chœur improvisé de voix douces et graves,

Notes pures, accents naïfs, tons suaves,

    Va te répondre à l'unisson

PREMIER MOISSONNEUR

Si loin que l'aube blanchissante

Illumine mes yeux surpris,

Je vois la plaine jaunissante

Onduler sous les grains mûris

Déjà tremble, à notre arrivée,

Recelée au fond du guéret,

Les deux ailes sur sa couvée,

L'alouette au chant guilleret.

CHOEUR.

Moissonneurs, l'épi d'or réclame

Vos faucilles de pur acier,

A petit manche fine lame,

Noble outil n est jamais grossier

DEUXIÈME MOISSONNEUR

Qui sèmera dans la tristesse

L'œil humide et le cœur serré,

Doit moissonner dans l'allégresse,

C'est le vœu du livre sacré

Placez la gerbe sur le faîte

Du château de notre seigneur,

La moisson est un jour de fête

Pour le maître et pour le glaneur

CHŒUR

Moissonneurs, l'épi d'or réclame

Vos faucilles de pur acier ;

A petit manche fine lame,

Noble outil n'est jamais grossier

PREMIER MOISSONNEUR

L'automne met ce grain en terre
Au grand désespoir des oiseaux,
Il germe en silence, ô mystère !
Sa tige a produit des boisseaux
On prétend que Cérès la blonde,
— Quelque princesse de haut lieu —
De ce fruit a doté le monde,
Moi je crois que c'est le bon Dieu

CHŒUR

Moissonneur, l'épi d'or réclame
Vos faucilles de pur acier,
A petit manche fine lame,
Noble outil n'est jamais grossier.

DEUXIÈME MOISSONNEUR

L'aire est disposée avec joie,

Mais nous détruirons nos greniers

Ce blé que le ciel nous envoie

Va se traduire en beaux deniers.

Sur un char pliant sous les gerbes,

Ce soir, nous rentrons au hameau,

Le magister aux airs superbes,

Fredonnant sur son chalumeau

CHŒUR

Moissonneur, l'épi d'or réclame

Vos faucilles de pur acier ;

A petit manche fine lame,

Noble outil n'est jamais grossier

RUIH

Je suis une pauvre etrangère,
La servante de Noémi,
Une hirondelle passagère,
En quête d'un visage ami
Permettrez-vous que je collige
L'épi tombé de votre main ?
Ce que l'opulence néglige
Est notre pain du lendemain

CHOEUR.

Glanez parmi nous, sainte femme;
La veuve est le bénéficier
Du grain oublié de la lame,
Et le sillon, son nourricier

III

Au dire des vieillards sur la moisson nouvelle,

Jamais blé mieux venu, ni plus riche javelle

Pour loger ce trésor qui tous les ans s'accroît,

Le maître détruira son grenier trop étroit

Ce maître, c'est Booz, le pieux patriarche,

Si simple en son maintien, si digne dans sa marche.

— Que Dieu soit avec vous, ô mes chers moissonneurs !

— Qu'il guide en ses desseins le meilleur des seigneurs,

Disent les travailleurs inclinés, tête nue.

— Quelle est, le savez-vous, cette jeune inconnue

Qui s'est, dès le matin, attachée à vos pas ?

Mes souvenirs confus ne la remettent pas.

— Cette fille, Seigneur. c'est Ruth la Moabite,

Depuis quelques soleils parmi nous elle habite,

Et bien qu'elle eût trouvé partout visage ami,

Elle s'est condamnée au sort de Noémi

Et voici que pour elle et sa chère compagne,

Elle s'en va glaner ainsi dans la campagne,

Sans même se donner, pour vaquer à ce soin,

Le repos dont chacun de nous sent le besoin

— « Chère enfant, » dit Booz à la pauvre glaneuse,

« Vous êtes parmi nous l'abeille butineuse,

Mais si vous imitez la prudente fourmi,

Vous songez certes moins à vous qu'à Noémi

Glanez, glanez en paix dans cet enclos, ma fille,

Au milieu de mes gens vous êtes en famille,

Vous recevrez de tous le respect qu'on vous doit,

Avez-vous soif? Allez aux vaisseaux ou l'on boit »

D'une telle faveur confondue, étonnée,

La fille de Moab, colombe fascinée,

Se trouble, balbutie et fléchit les genoux,

Sous le charme, la femme a pressenti l'époux·

4

— Comment le possesseur d'une si belle terre

Daigne-t-il s'occuper d'une pauvre étrangère ?

— Que le Dieu d'Israel vous soit doux et clément !

Nous savons tous ici l'aveugle dévoûment

Dont votre vie entière est l'éclatante preuve ?

Vous riez de l'obstacle et déjouez l'épreuve

Famille, ciel natal, en pleine liberté,

Pour suivre Noémi vous avez tout quitté.

Plus généreux que nous, le Dieu de Jacob donne

Le centuple du prix que la main abandonne.

— Merci ! car j'ai trouvé grâce à vos yeux, Seigneur,

Votre bonne parole a réjoui mon cœur ;

Désormais rassurée et bannissant la crainte,

Je reprends mon sillon et glane sans contrainte.

— Puis, lorsque le soleil sur l'ombre aura grandi,

Vous viendrez vous asseoir au repas de midi.

Ainsi parla Booz, et quand sa protégée

Se remit au travail, de son butin chargée,

Il dit aux moissonneurs : « qu'elle puisse glaner,

Semez l'épi ; laissez-la même moissonner.

Je veux que, sans rougir et sans la moindre honte,

Elle ait à ce labeur son profit et son compte. »

RUINE DE JERUSALEM.

Lapsa est in lacum vita mea,
et posuerunt lapidem super me

JLREMIE, C III 53

I

Comment a pu tomber l'orgueilleuse cité ?
Comment le vide affreux s'est-il fait autour d'elle ?
La voilà solitaire et son peuple infidèle
Subit le honteux joug de la captivité

Pendant toute la nuit j'ai vu couler ses larmes,

Le ruisseau sur sa joue a creusé son sillon .

Et même dans les fers, même sous le baillon,

Ses ennemis contre elle osent prendre les armes

La fille de Juda, pliant sous le fardeau,

A fui pour se soustraire à ce dur esclavage;

Tel, à l'aspect du nid que l'oiseleur ravage,

Vers des cieux plus cléments fuit éperdu l'oiseau.

Un silence de mort pèse partout Les rues

Pleurent au souvenir de nos solennités,

Nos remparts sont détruits, nos prêtres déportés,

Et nos vierges, hélas! mortes ou disparues.

Jerusalem, le jour de la vengeance a lui,

Le vainqueur insolent, riche de ta dépouille,

Arrache de l'autel, que sa présence souille,

Tes malheureux enfants qu il chasse devant lui

La fille de Sion n'est plus reconnaissable
Aux yeux de ses amis et de ses familiers ;
Tous ses princes, pareils à de maigres béliers,
Ont devant l'ennemi bientôt mordu le sable.

Sion s'est souvenue alors de sa splendeur,
De la magnificence et de l'éclat des fêtes,
Où dans son temple saint une forêt de têtes
Venait de Jéhovah proclamer la grandeur.

Il ne restera rien de cette gloire antique ;
On rit de son vain culte, on rit de son sabbat ;
Sur des rocs calcinés la corneille s'abat ;
Où fut l'autel ? où fut l'abside ? où le portique ?

La souillure a monté le long de ses pieds nus,
Sa royauté n'est plus qu'une froide ironie ;
Et pour être témoin de cette ignominie,
Des quatre points du ciel les peuples sont venus

Les lâches ont osé la frapper par derrière,

Et nul de la venger n'a compris le devoir;

Alors elle a fermé les yeux pour ne pas voir,

Alors elle a tourné le visage en arrière.

Pour ces fiers ennemis de Dieu rien n'est sacré;

Comme des loups rôdeurs sur un champ mortuaire,

On les a vus franchir le seuil du sanctuaire,

Où pas un infidèle encor n'était entré !

Consumé par le jeûne et par la maladie,

Le peuple roi subit les horreurs de la faim.

Le frère vend sa sœur pour un morceau de pain,

La mère vend sa fille, et le père mendie.

Vous qui passez, voyez mon extrême douleur,

C'est peu d'avoir été par les miens outragée,

Le Seigneur irrité m'a toute vendangée,

Il a passé sur moi le cordeau niveleur

Allumant dans mes os un feu lent qui dévore,

A mes pieds innocents il a tendu son rets,

Il a dressé pour moi ces funèbres apprêts,

Et mon libérateur se fait attendre encore

Comme une criminelle attachée au poteau,

Il a chargé mon cou d'un triple rang de chaînes,

Que promettent de plus ses vengeances prochaines?

Cœur d acier, bras de fer, sa main est un étau

Le Seigneur m'a repris mes meilleurs gens de guerre,

Les autres sont tombés au temps marqué par lui,

Et voici qu'au pressoir il piétine aujourd'hui

La vierge de Juda, qu'il élevait naguère.

Le Sauveur d Israel s'est retiré de moi,

Mes enfants sont perdus, car l'ennemi l'emporte

Le vent dissipera ma timide cohorte,

Je la verrai plier, fuir au premier émoi

Cependant la nuée au ciel est plus livide,

C'est l'ennemi nombreux qui vient de toutes parts,

Misérable jouet de coureurs de remparts

Sion étend les mains et rencontre le vide

Seigneur, j'ai mérité ce juste châtiment,

Je me suis attiré ta terrible colère,

Mais le malheur m'instruit, le désastre m'éclaire

Relève-moi, Seigneur, de mon abaissement

Mes vierges ont subi l'exil ou le martyre,

Mes amis ont trompé mon chimérique espoir,

Et mes plus beaux vieillards meurent de désespoir,

Au milieu de la place, ou la faim les attire

Tariras-tu le cours de mes pleurs abondants ?

Dans de stériles vœux en vain je me consume,

Partout ils m'offriront la coupe d'amertume,

Le glaive est au-dehors, la mort est au-dedans

Ils ont su que j'étais dans l'extrême détresse,

Et témoins de ma honte et de mon déshonneur,

Ils ont tous applaudi tes vengeances, Seigneur,

Devant le châtiment bondissant d'allégresse.

Mais vienne aussi pour eux le jour qui doit venir,

Et tu les frapperas, comme tu m'as frappée,

Tu leur feras sentir le froid de ton epée,

Car le mal qu'ils m'ont fait est dans ton souvenir

II

Il a jete dans les ténèbres

L'auguste fille de Sion,

Il a couvert de plis funèbres

L'enfant de son affection.

Son souffle est un feu qui dévore,

Dans son ne, il détruit Gomorrhe,

Mais il veille sur un berceau ;
Il brise le chêne superbe,
Mais il épargne le brin d herbe,
Mais il protège le roseau

Il a détruit dans sa conquête
Tous les trésors que follement
Amasse une vierge coquette
Au profit d'un heureux amant.
Il a dégradé tous ses princes,
Les plus grands comme les plus minces,
Que le fer n'avait pas occis.
Dans un seul éclair de sa foudre,
Il a renversé dans la poudre
Les vieux remparts si bien assis.

Il a tendu son arc docile,
Il a levé son bras puissant,
Et dans son triomphe facile
Il a souillé le sol de sang

Il a vomi, comme la flamme,

L'indignation de son âme,

Et prodigué, dans sa fureur,

Toutes les phases du mécompte,

Tous les déboires de la honte,

Tous les assauts de la terreur

Le lieu saint est une caverne,

Ou chacun élève la voix,

Ou la sinistre orfraie hiverne,

Où le hibou trône au pavois

De la base même au pinacle

Il a détruit son tabernacle,

Comme un jardin abandonné,

Il a jeté par la fenêtre

L'enfant de chœur et le grand-prêtre,

Le vieillard et le nouveau-né

Il avait résolu d'abattre

Le mur de l'antique Sion

Et son bélier est venu battre

L'avant-mur et le bastion.

Un craquement de l'architrave

Fit tomber la dernière entrave,

Ainsi qu'il avait été dit,

Où montait le géant de pierre,

Un nuage affreux de poussière

Marque au passant le lieu maudit

Tous ceux qui ne pouvaient descendre

Dans l'arène des combattants,

Se sont assis, couverts de cendre,

Sur les débris des arcs-boutants

Tous les vieillards, tous les prophètes,

Prêtres, lévites et poètes,

N'ont pas prié, mais ont gémi.

Plus de vision, plus de lyre,

Pour célébrer, dans le délire,

Leur triomphe sur l'ennemi

En proie aux plus vives alarmes,

Mes entrailles ont tressailli,

Quand nos petits enfants en larmes

Sur le chemin ont défailli.

L'œil éteint, la face livide,

On les voit, d'une lèvre avide,

Presser en vain un sein tari.

Mais sans lait, sans vin, sans dictame,

Ils rendent à Dieu leur jeune âme

Esclave d'un corps amaigri.

A qui t'égaler, malheureuse ?

Quel peuple essuya ces revers ?

Jamais page plus douloureuse

Dans l'histoire de l'univers.

Même sous le froid de l'épée,

Tes faux prophètes t'ont trompée,

Ils ont dérogé jusqu'au bout.

Que ne te montraient-ils l'abîme ?

Tu pleurerais alors ton crime,
Et le Seigneur oublîrait tout.

L'étranger, comme aux jours de fête,
Accouru de dıvers chemins,
A secoué sur toı la tête
Et battu follement des maıns :
« Voilà donc cette ville altière,
La Reıne de la terre entière,
Qu'a-t-elle faıt de sa beauté ?
L'orgueıl du plus vaste royaume
N'est elle-même qu'un fantôme,
Une mısérable cıté. »

Le seıgneur a tenu parole,
Tous ses desseıns ont réussı,
Sa menace n'était pas folle,
Son bıas a frappé sans meıcı.

Lève-toi, c est l'heure des veilles,

Fille de Sion qui sommeilles,

Répands ton âme comme l'eau

Souviens-toi de ces petits anges,

Qui mâchonnaient tantôt leurs langes,

Tantôt l'osier de leur berceau

Prisonnières dans leurs murailles,

Les mères vont donc dévorei

Le propre fruit de leurs entrailles ?

Seigneur, est-ce assez m ulcérer ?

Les dalles de ton sanctuaire

Deviennent donc l'obituaire

Et du vieillard et de l'enfant

M'avez-vous assez ravagée,

Et trouvez-vous enfin vengée

La cause du juif triomphant ?

III

Sous sa verge de fer je ne suis plus un homme,
  Je suis un vermisseau.
Je me sens, par l'instinct de la bête de somme
  Plier sous le fardeau

Sa dextre m'a donné secousse sur secousse,
  Sans trêve ni repos;
Et quand j'ai dit assez, de ma voix la plus douce,
  Il a brisé mes os

Il a construit pour moi comme une forteresse
  Ceinte de toutes parts,
Il a, pour mieux servir sa haine vengeresse,
  Hérissé les remparts

J'ai prié, mais il a rejeté ma prière,

      Puis étouffant mes cris,

Il m'a précipité dans une fondrière,

      Où mes pieds sont meurtris.

C'est pour moi, son captif, un ours en embuscade,

      Un lion accroupi;

Il a sur mon chemin dressé sa barricade,

      Sous les roseaux tapi.

Aux limiers haletants il a rompu la digue

      Et m'a mis aux abois;

Il a lancé sur moi, tant il en est prodigue,

      Les fils de son carquois.

Me voici devenu l'objet de la risée

      Et du mépris public,

C'est à qui lancera sur ma tête rasée

      Son dard de basilic

Perdu dans les détours d'un vaste labyrinthe,
　　Sous des soleils ardents,
Il a feint de m'offrir une coupe d'absinthe
　　Et m'a brisé les dents

Voici pourquoi la paix de mon âme est bannie,
　　Hélas ! voici pourquoi
J'ai dit dans le travail d'une longue insomnie :
　　— « C'en est donc fait de moi. »

Que voulez-vous encor, esprit de prophétie,
　　Don qui me visitez ?
Je ne suis qu'un enfant chétif qui balbutie
　　Ce que vous lui dictez.

Retirez-vous de moi, car vous êtes la source
　　Des maux que j'ai soufferts.
Parler, c'est me livrer, me perdre sans ressource,
　　C'est me forger des fers

Heuieux qui sait à temps discuter et se taire
    Ou ne parler qu'à Dieu !
Heureux qui loin du bruit s'est choisi solitaire
    Quelque modeste lieu !

Plus heureux l'innocent, que le siècle bafoue,
    Qui par son frère aussi
Injustement frappé, présente l'autre joue
    Et dit encore merci !

Vous avez mis, Seigneur, en ce jour de colère,
    La nuée entre nous,
De peur que les accents de ma vive prière
    Ne montent jusqu'à vous.

Moi, vieillard impuissant, ils m'ont pris à la chasse,
    Comme on prend un oiseau ;
Sans espoir de salut, me voici dans leur nasse,
    Tout environné d'eau.

IV.

Comment l'or pur a-t-il perdu son vif éclat ?

Comment les dalles saintes,

Du sang des prêtres teintes,

Gisent-elles ainsi sur le sol çà et là ?

Sion. comment tes fils, au caractère altier

Et si brillants naguère,

Sont-ils pris, à la guerre,

Pour des vases sortis de la main du potier

La nature a ses lois et ses instincts d'amour,

Du tigre la femelle

Présente la mamelle

Au petit qu'elle allaite et garde nuit et jour

La fille de mon peuple est cruelle à merci :

Quand l'autruche stupide,

Dans sa fuite rapide,

De ses œufs oubliés a-t-elle le souci ?

La langue de l'enfant s'attache à son palais ;

Sans autre confortable,

Les amis de la table

Embrassent l'immondice au seuil de leur palais.

Le crime de Sion l'emporte assurément

Sur celui de Sodôme

Or, terrible symptôme,

Quel temps a demandé sa ruine ? — Un moment.

Les fils de Nazareth étaient beaux à ravir.

Leurs épaules d'ivoire,

Lisses comme la moire,

Effaçaient en éclat le limpide saphir

Aujourd'hui leur visage est un noir parchemin,

A leur peau basanée,

Rugueuse et décharnée,

On dirait du bois sec, couché sur le chemin.

Heureux ceux qui sont morts les armes à la main !

Pour eux pas d'agonie

Ni de lente atonie

Qui consume le corps sous l'affie de la faim.

Un modèle d'amour maternel a bien pu,

En ce moment extrême,

Faire cuire elle-même

Son enfant dont le monstre un instant s'est repu.

Nous recueillons le fruit des crimes d'Israel

Lévites et prophêtes

Appelaient sur nos têtes

Par leurs iniquités les vengeances du ciel

Les prêtres ont versé le sang de l'orphelin,

      Les prêtres aux mains blanches,

      Qui relevaient leurs manches,

De crainte de souiller leurs vêtements de lin

Ils fuyaient, ne sachant ou diriger leurs pas,

      Mêlés dans la cohue,

      Mais la foule les hue

Et dit . « Eloignez-vous, ne nous approchez pas »

Témoin de la querelle et des longs embarras

      Causés à la patrie,

      Le barbare s'écrie

C en est fait, le Seigneur leur retire son bras

Nous avons follement compté sur l'amitié

      Sur la vaine parole

      D'un allié frivole,

Dont l'intérêt stérile est digne de pitié

Du dernier de nos jours nous touchons au déclin :

     La mort a ses ivresses,

     Comme elle a ses faiblesses,

Nous chancelons, pareils à des gens pris de vin

Le Christ, ardent rayon des divines clartés,

     Ame, lumière et voie

     De celui qu'il envoie,

Se trouve enveloppé dans nos iniquites

Folle fille d'Edom, tremble ou rejouis-toi,

     Tu feras ton délice

     De boire à son calice,

Tu seras, à ton tour, mise à nu, comme moi

V.

Berceau de pampre vert, mur tapissé de lierre,

Toit paternel, foyer paisible, banc de pierre

Ou reposait l'aieul, au soleil assoupi,

Enclos ou mûrissaient le raisin et l'épi,

Terre acquise à prix d'or, ou modeste héritage,

Vous êtes du vainqueur la proie et le partage.

Tels que des combattants épuisés de la lice,

Tels que des criminels, que l'on traîne au supplice,

Sans famille, sans nom, sans salut desormais,

Aux rigueurs des captifs condamnés à jamais,

L'œil injecté de sang le cœur brûlant de haine,

Nous partons pour l'exil attachés à la chaîne.

Heureux ceux qui sont morts du moins pour la patrie !

Nos bras vendus aux fils d'Egypte et d'Assyrie,

Il faut porter le bât, plier sous les fardeaux ;

Pour manger un pain noir, il faut tendre le dos.

Soyons bêtes de somme alors, courbons l'échine,

Le rejeton de Sem n'est plus qu'une machine.

Les chefs suppliciés, leurs corps livrés aux flammes,

De beaux adolescents souillés par des infâmes,

Des vieillards insultés sans pudeur, des enfants

Epuisés sous les coups d'esclaves triomphants,

Des vierges expirant sous le dernier outrage,

O guerre, ce sont là tes fruits et ton ouvrage !

Au temps où florissait Jérusalem la sainte,

Ce n'étaient que concerts et jeux dans son enceinte.

Les mères devisaient en tournant le fuseau,

Les jeunes gens dansaient au son du chalumeau,

Et les vieillards, assis au seuil de leur demeure,

Souriaient et disaient «Mes enfants, c'est votre heure »

Cet heureux temps n'est plus, à des chants d allégresse

Ont succédé des cris d'alarme et de détresse,

Sion est un amas de cendre ; ses remparts

Tiennent lieu de tanière aux petits des renards,

Et pour dernier tableau, l'on voit, la nuit tombée,

Le prophète épargné fuir à la dérobée.

LA PARABOLE DU TALENT.

Si votre corps est un talent précieux qui
doive profiter entre les mains de Dieu,
mettez-le de bonne heure dans le commerce
et n'attendez pas à le lui donner qu'il le
faille enfouir en terre

Bossuet

Le maître allait partir pour un lointain voyage ;

Et pour ne pas laisser sa maison au pillage,

Il assembla ses gens et remit à chacun

De quoi faire valoir le domaine commun

6.

L'un ieçut cinq talents, l'autre deux, un troisième

D'utiliser un seul assuma le problème.

Dans ces lots inégaux, le maître avait compté

Sur telle inaptitude ou telle faculté.

Il partit.

De retour apiès longues années,

Il demande à ses gens l'emploi de leurs journées,

Le compte des talents, qu'il tenait de sa main.

Le premier dit : Seigneur, j'ai fait gain sur regain,

Mon capital doublé, mon commerce prospère

Et sous peu je vivrai de mes rentes, j'espère

J'ai reçu cinq talents, je vous en remets dix ;

Un prêt intelligent est un trésor sans prix.

Le maître dit : « C'est bien, mandataire fidèle,

Des meilleurs serviteurs vous êtes le modèle ,

Exact et scrupuleux dans un petit détail,

Je veux vous appeler à plus noble travail

Le maître satisfait vous laisse dans la voie,

Vous goûterez sa paix, vons connaîtrez sa joie »

Ensuite vint le tour de l'homme aux deux talents.

Il est vrai, ses succès avaient été plus lents.

Le sol d'abord fouillé s'était montré rebelle,

Mais sa modeste part n'en était pas moins belle.

« Voici quatre talents, Seigneur, c'est votre bien. »

Encore à celui-là le maître dit : « C'est bien,

J'admire ton courage et ce n'est pas trop faire

Que de te confier une importante affaire.

Demande telle grâce en mon pouvoir, je veux

Avec empressement accéder à tes vœux. »

Enfin, l'homme au talent disait : « Devant son maître

Le serviteur loyal ne craint pas de paraître ;

Vous êtes, je le sais, un seigneur sans pitié,

Sur nos maigres profits prélevant la moitié,

Prétendant moissonner sans faire de semences,

Et prêt à vous asseoir aux plus modestes menses ;

Voici pourquoi j'ai cru qu'il serait beaucoup mieux

D'enfouir dans le sol le talent précieux

Voici votre dépôt, reprenez-le Du reste
Il pouvait tôt ou tard me devenir funeste »

« Serviteur paresseux, dit le maître irrité
Quel est ce sot langage et qui te l'a dicté ?
Je pressure mes gens, dis-tu, je les rançonne,
Sans produire je vis, sans semer je moissonne
Puisque tu connaissais ma dureté, pourquoi
Ne ménageais-tu pas un patron tel que moi ?
Un talent sagement placé dans le commerce,
C'est le grain de froment sous la dent de la herse
Ainsi le bien arrive à celui qui possède,
Ainsi se trouve aidé qui n'a nul besoin d'aide
Le mauvais serviteur, comme un vil criminel,
Sera précipité dans l'abîme éternel. »

LES VIGNERONS HOMICIDES.

Lapidem quem reprobaverunt ædificantes
hic factus est in caput anguli

S MATHIEU, C XXI 42

Sur un côteau doré par l'aube à peine éclose,
Un homme plante un jour sa vigne avec soin close
Les ceps multipliés sur un plan incliné,
Le matériel prêt, le pressou terminé,

Pour réjouir les yeux de la famille aisée,

Il dresse une tourelle au soleil exposée,

Puis, le tout affermé, le maître satisfait

Et de ses vignerons et de ce qu'il a fait,

S'en va fonder ailleurs quelque nouveau domaine.

Vint la saison des fruits que l'automne ramène;

Quand le pressoir gémit sous le raisin nombreux,

Le maître d'envoyer aux vignerons heureux

Un esclave chargé de percevoir sa dîme.

Mais l'infortuné fut leur première victime.

Brutalement traité comme un vil exploiteur,

Saisi. roué de coups à froid, ce serviteur

Reparut chez son maître, honteux et les mains vides.

Un autre est député vers ces hommes avides;

Même sort l'attendait; même accueil, même affront.

Un troisième reçut une blessure au front.

Ils prodiguent à tous le plus sanglant outrage,

Et leur succession semble augmenter leur rage

Plusieurs autres ainsi subissent même sort,

Les uns sont mutiles, les autres mis à mort.

A ce maître indulgent, bravé dans sa colère,

Il ne restait qu'un fils, car ce maître était père.

— Ils auront, pense-t-il, de lui quelque respect

Et voici qu'il l'envoie à la vigne. A l'aspect

De ce fils bien aimé, ces forcenés sourirent,

Et se réunissant en conseil, ils se dirent .

« Au fils de la maison, ni grâce ni quartier

En lui s'éteint la race, en lui meurt l'heritier,

Frappons sans hésiter ! Qu'a-t-il de plus qu'un autre?

Nos mains fument encore et cette vigne est nôtre »

Le fils tombe aussitôt sous le fer assassin.

Ainsi s'est accompli leur criminel dessein.

Que fera, pensez-vous, le maître de la vigne ?

Pour qu'il n'échappe pas, il marquera d'un signe

Ce troupeau d'assassins et l'exterminera,

Puis en plus sages mains sa vigne passera.

Car n'est-il pas écrit : « La pierre rejetée

Dans la maison de Dieu pour angle est acceptée »

LA PARABOLE DES DIX VIERGES.

Quinque autem ex eis erant fatuæ
et quinque prudentes.

S Mathieu, c. xxx. 2.

Un jour dix vierges, dix étoiles,
De Murillo vivantes toiles,
Etalent leurs plus beaux bijoux :
Leur voile blanc, leurs robes blanches
A longue queue, à couttes manches,
Et vont au-devant de l'époux

7

Comme l'ombre atteint toute chose,

Comme la nuit est déjà close,

Comme il fait noir sur le chemin,

Comme depuis longtemps c'est l'heure

Où l'on s'enferme en sa demeure,

Chacune a sa lampe à la main.

Des dix vierges, cinq étaient folles,

Filles de marbre, aux goûts frivoles,

Traits rajeunis au vermillon

Cinq, au contraire, au doux visage,

Avaient une retraite sage,

Loin du monde et du tourbillon

Mais l'époux tardant à paraître,

L'ange des nuits qui règne en maître,

Des deux pôles à l'équateur,

Sur les palais et les chaumières,

Descend et touche les paupières

Des dix colombes du Seigneur

Soudain un cri joyeux s'élève ·

Le voici! ce n'est pas un rêve,

Volez au-devant de l'époux

Avec ces épaules de neige,

Qu'on lui fasse un brillant cortége,

C'est le bienvenu parmi nous.

Le cœur frémit, le cœur palpite;

Le cénacle se précipite

A ces agapes de l'amour.

Telle, en la ruche industrieuse,

Mainte abeille laborieuse

Fête leur reine à son retour.

— O ciel! notre lampe est éteinte,

Nous manquons d'huile, quelle atteinte

A l'honneur de notre maison!

Donnez-nous un peu de la vôtre,

Vierges, nos sœurs, vous que nulle autre

Ne surpasserait en raison

— Comment, hélas ! allez-vous faire ?

Nous craignons bien, en cette affaire,

De ne pouvoir vous assister

Partager le peu qui nous reste

A toutes peut être funeste,

Le plus simple est d'en acheter

Elles vont, mais dans l'intervalle

L'époux est entré dans la salle

Où le festin est préparé.

A sa suite, les vierges prêtes

Se glissent sans bruit et discrètes,

Selon l'usage consacré

Les folles sur les portes closes

Collaient plus tard leurs lèvres roses

Ouvrez, Seigneur, c'est notre pas !

— Il faut veiller en ma demeure,

Car nul ne sait le jour ni l'heure,

Allez, je ne vous connais pas

LES

OUVRIERS DE LA DERNIERE HEURE.

Tolle quod tuum est et vade

S. Mathieu, c xx 14

Dès l'heure matinale ou Vénus au ciel brille,
Où le levant blanchit, le père de famille
Va chercher au forum des hommes au repos,
A travailler sa vigne habiles et dispos

Un denier est le prix convenu par journée.

Or, vers la troisième heure il se met en tournée,

Un groupe d'ouvriers stationnait encor :

« Ma vigne est étendue et voici du renfort,

» Allez donc, vous aussi, dit le maître, à ma vigne,

» Le maître est toujours grand, quand l'ouvrier est digne ;

» Les travaux terminés, chacun de vous présent

» Recevra de mes mains salaire suffisant »

Il sort vers la sixième et vers la neuvième heure,

Et trouve inoccupés, au seuil de sa demeure,

De nouveaux ouvriers qu'il recrute à leur tour

Une cinquième fois, sur le déclin du jour,

— La onzième heure allait sonner — le maître avise

Un cercle aussi nombreux d'ouvriers qui devise :

« Comment demeurez-vous tout un jour inactifs ?

Depuis quand la faveur sourit-elle aux oisifs ?

— Maître, que dites-vous ? Personne ne nous loue,

Le cœur, les bras y sont, mais le sort nous encloue

— Cultivez, vous aussi, ma vigne, en attendant »

Le soir vint. Le Seigneur dit à son intendant .

Songez aux travailleurs , faites venir chaque homme

Et donnez, de ma part, à tous égale somme

Je veux qu'ils soient contents, du premier au dernier,

Ceux de la onzième heure ont reçu leur denier

—Tant mieux ; nous recevrons bien davantage encore,

Pensaient les ouvriers arrivés dès l'aurore

Un denier seulement leur est offert aussi.

Ils murmurent alors et disent : Est-ce ainsi,

Maître, qu'on reconnaît notre ardeur à vous plaire ?

Ceux-là n'ont travaillé qu'une heure et leur salaire

Est aussi élevé que le nôtre , pourtant,

Ils n'ont pas supporté, comme nous, c'est constant,

La fatigue du jour et le poids du solstice,

Nous payer un peu plus ne serait que justice.

— Ami dit le Seigneur, s'adressant à l'un d'eux,

Sommes-nous convenus d'un denier ? Si je veux,

A l'égard du dernier payer avec usure,

Lui faire une faveur, dis où sera l'injure ?

Ce que je fais pour lui, pour toi je le ferais

Parce que je suis bon, ton œil est-il mauvais ?

Prends le tien, sans toucher à la part de ton frère.

Il en sera de même au royaume du Père,

Quand l'Esprit planera sur les temps révolus,

Beaucoup seront appelés, mais peu seront élus.

LES NOCES ROYALES.

Ecce prandium meum paravi, tauri
mei et altilia occisa sunt.

S. Mathieu, c xxii 4

Un prince de son fils veut célébrer les noces ·
Tout sera de bon choix, son personnel nombreux
Dispose avec un art exquis les fruits précoces,
Les corbeilles de fleurs et les vins généreux

A peine les apprêts terminés, il envoie

Quérir ses invités aux quatre coins du ciel ;

Mais chacun a son but à poursuivre et sa voie,

Tous déclinent l'honneur du lit officiel.

De nouveaux messagers se mettent en campagne :

« Dites-leur, fit le maître étonné, que j'entends,

Pour fêter de mon fils la charmante compagne,

Recevoir dignement les amis que j'attends.

» Voici les lits dressés et les amphores pleines,

Le sang de mes plus beaux taureaux rougit le sol ;

Et les petits oiseaux, qui désertaient nos plaines,

Autour de mon palais n'essaîront plus leur vol. »

Le maître fut encor déçu dans son attente,

Aucun des invités ne parut au gala ,

L'un avait sur les bras une affaire importante,

L'autre, ami du repos, partait pour sa villa

Quelques-uns plus cruels prodiguèrent l outrage
A ces bons serviteurs, dignes d un meilleur sort,
Puis, saisis de vertige, ivres de folle rage,
Ils s'emparèrent d'eux et les mirent à mort.

Lors le prince irrité lança sur ces sauvages
Ses cavaliers choisis, ses plus beaux fantassins :
« Allez, dit-il, j'absous d'avance vos ravages,
Surtout pas de quartier à de vils assassins ! »

L'oiseleur va saisir le vautour dans son aire,
Le créneau défend mal contre l'iniquité,
Les traîtres massacres, sans jugement sommaire,
On rasa leurs donjons, on brûla leur cité

Ce triste dénoûment était inévitable,
C'est la fin réservée à tous les malfaiteurs
« Oublions ces méchants, dit le prince, ma table
N'est point pour leurs pareils, allez mes serviteurs!

» Allez par les chemins, sur les places publiques,

Parcourez le forum, battez tous les buissons,

Prenez dans vos filets ventrus et faméliques,

Seigneurs et roturiers, fretin et gros poissons »

La salle du festin s'emplit vite à ce compte ;

De convives divers les lits sont occupés ;

Le serf sur l'affranchi, l'archer près de l'archonte,

Fils de haute maison, mendiants éclopés.

Le prince alors paraît et remarque un convive

Qui n'a pas revêtu le vêtement sacré :

— Sans doute, ami, pour vous, dit-il, ma peine est vive,

Mais comment dans la salle avez-vous pénétré ?

Le malheureux ne put trouver un mot d'excuse ;

« L'admettre à mon banquet n'est pas en mon pouvoir,

Dit le prince à regret ; son silence l'accuse,

Holà ! mes serviteurs, faites votre devoir.

« Que l'homme ténébreux rentre dans les ténèbres,

Où sont les grincements et les pleurs superflus,

Les cris de désespoir et les notes funèbres,

Ils sont tous appelés, mais combien sont élus ? »

LA FILLE DE JAIR.

Talitha cumi, quod est interpretatum .
Puella surge

S Marc, c v 41

L'enfant avait douze ans, elle était bien venue,
Rose comme un corail, blanche comme un satin;
Fugitive alcyon, elle allait, tête nue,
Sur le sable doré, courir dès le matin

Riche en troupeaux, puissant seigneur de la contrée,
Son père dans ses bras l'élevait triomphant ;
Puis pressant sur son cœur cette tête sacrée,
Il disait fièrement : c'est à moi cette enfant.

Peut-être pourrait-on me voler dans la plaine
Dix têtes de mouton ou quelques pièces d'or,
Quelques gerbes de blé, quelques flocons de laine,
Mais qui donc oserait me ravir ce trésor ?

— Celui qui dans ses mains tient notre destinée,
Qui parle aux éléments et commande au trépas ;
Celui qui fit le jour et le mois et l'année,
Qui compte nos instants, quand nous ne comptons pas.

Or, il advint un jour que l'enfant fut souffrante,
Sa gaîté s'en alla, sa fraîcheur disparut ;
Tel qu'un rameau flétri sur sa tige mourante,
Ce faible corps fléchit sous le mal qui s'accrut

Christ alors annonçait son sublime évangile :

« Le bonheur ici-bas n'a pas de lendemain

» La vie est un moment d'épreuve, un don fragile,

» C'est une goutte d'eau qui coule de la main. »

La foule se pressait sur ses pas haletante,

Ceux-ci pour l'acclamer, ceux-là pour le trahir :

— Est-il le Messie ? ou trompe-t-il notre attente ?

— « Hosannah ! » fit la voix perçante de Jaïr.

« Seigneur, daignez venir au chevet de ma fille,

» Vous êtes d'Israel le salut et la foi ;

» Cette enfant c'est mon bien et toute ma famille,

» Au nom du Dieu vivant, sauvez-la, sauvez-moi ! »

Il parlait, un des siens soudain vient à paraître ·

Votre prière est vaine et vos vœux superflus ;

Cessez de tourmenter davantage le Maître,

Celle que vous aimiez, votre fille n'est plus

Mais Jésus · « Croyez-vous à ma vertu céleste ?
Laissez dire le peuple en son illusion ;
Pour vous, suivez ma voie et dédaignez le reste,
Je connais mon mandat, je sais ma mission. »

Il dit et dans les rangs d'une foule compacte,
De la maison funèbre il a touché le seuil,
Où le pressentiment peut-être d'un grand acte
Semble avoir centuplé la suite de ce deuil.

Les pleureurs, enhardis sous leurs cagoules saintes,
Remplissaient leur office indiscret de leur mieux,
Aux pleurs de vrais amis mêlant des larmes feintes,
Troublant le désespoir morne et silencieux

— Dissipez, » dit le Christ, « ce troupeau de gagistes,
Le sommeil, ce bienfait de Dieu, n'est pas la mort,
Hors d'ici ces frocs noirs, tristes apologistes,
Cette enfant qu'ils faisaient mine de pleurer, doit »

Choqués et rudoyés, ces gens hochaient la tête

Encore de nos jours, pour le bedeau rangé,

Le deuil d'une famille est un sujet de fête .

Tant pour le goupillon, tant pour le drap frangé

La jeune fille était là dans son blanc suaire,

OEil éteint, bouche pâle ouverte, corps raidi,

On avait désigné sa place à l'ossuaire,

Où va le centenaire après l'enfant hardi.

Le Maître cependant de la morte s'approche,

Et lui prenant la main : « Ma fille, levez-vous,

Telle est ma volonté ! le temps prédit est proche

Où le tombeau surpris s'ouvrira devant nous   »

Le linceul aussitôt s'agite et se soulève

Et l'enfant apparaît dans sa pâle beauté

« Oh ! dit-elle en riant, que j'ai fait un beau rêve,

Père pardonnez-moi, si je vous ai quitté ! »

Frémissant et tremblant, Jaïr pleurait de joie,

Et le peuple chantait, dans son trouble confus

« La mort est terrassée, elle a rendu sa proie,

Gloire au Nazaréen, honneur au Christ Jésus ! »

LE CENTURION.

Rogabant eum sollicitè, dicentes
dignus est ut hoc illi præstes

S Luc, c. VII 4

On eût vu, ce jour-là, Capharnaum en fête .

La ville recevait dans ses murs le prophète,

Le fils du charpentier, dont la main bénissait

Le troupeau d'affligés qui vers lui se pressait

Il guérissait les uns, il consolait les autres,

Et de ses ennemis faisait autant d'apôtres,

En devenant leur hôte et leur amphitryon

La foule le portait, quand un centurion,

Adoré du soldat et vivant comme un sage,

Jusqu'aux pieds de Jésus s'est ouvert un passage :

« Seigneur, mon serviteur est malade à mourir ;

» Quand l'art est impuissant, vous seul savez guérir. »

— Il est digne, Seigneur, dit la foule attentive,

C'est le protecteur né de la nation juive ;

Dernièrement encor ce brave centenier

Sur une synagogue a placé son denier

— J'irai, dit simplement le Sauveur, et quand même,

Je le ramènerai de cet état extrême.

— Vous, dit le centenier, me visiter, Seigneur !

Je ne mériterai jamais un tel honneur !

Mais d'un mot vous pouvez rendre à l'amour du maître

Un pauvre serviteur que nous verrons renaître

Avec ma centurie, esclave du devoir,

Je ne fais autrement, moi, l'homme du pouvoir.

Serviteur et soldat, chacun, à sa consigne,

N'attend pour m'obéir qu'une parole, un signe.

— Oh ! dit Jésus ravi, quelle âme et quelle foi !

Ce langage confond les prêtres de la loi.

Trouvez dans Israel une foi si robuste ;

La plus sage tribu compte à peine un seul juste ;

Je vous le dis, le jour approche, il est venu

Où le Gentil jaloux sera le bienvenu,

Où du nord au midi vous verrez le barbare

Accourir au banquet que mon Père prépare,

Tandis que conspués et partout rejetés

Les fils de la maison seront déshérités.

Ils grinceront des dents, ils mordront la poussière,

Vain désespoir, regrets tardifs, folle prière

Pour vous, centurion, il sera fait ainsi,

Selon votre créance et selon ma merci

L'officier se retire et voit en sa demeure

Son serviteur que Christ avait guéri sur l'heure.

L'ENFANT PRODIGUE.

> Tu semper mecum es et omnia
> mea tua sunt.
>
> S. Luc, c. xv 31

Pécheurs et publicains se pressaient pour l'entendre,
Des plus simples d'entre eux il se faisait comprendre ;
Scribes et pharisiens en murmuraient jaloux :
« Un sage oserait-il s'asseoir avec des fous ? »

A ces esprits grossiers parlant en paraboles

Il ne leur opposait que de touchants symboles

« Un pasteur possédait cent têtes de brebis.

Dont la toison formait ses plus riches habits

A courir les buissons un jour l'une s'egare,

Le bon pasteur ému tout aussitôt s'effare

Sans souci du troupeau fidèle et délaissé,

Il gravit la colline, il franchit le fossé,

Va du bois au ravin et sa voix éperdue

Rappelle sans écho celle qu'il a perdue

Retrouvée, il l étreint dans ses bras amoureux,

En charge son épaule et la rapporte heureux.

Le retour du pécheur cause au ciel plus de joie,

Que ta persévérance, ô juste! dans la voie »

Sous la même pensée, il leur disait encor

« Une femme à grand'peine amassait son trésor,

Dix drachmes d'argent pur composaient sa fortune

Un jour, néfaste jour! nul doute il en manque une!

9

C'était l économie, hélas ! de plusieurs mois,

Elle compte attentive et recompte vingt fois

Son malheur est certain.—Sans tarder, dans sa hutte,

Une lampe à la main elle fouille et culbute

Déplace chaque objet pêle-mêle et sans soin,

Quand la pièce en oubli lui sourit de son coin.

Ravie, elle s'en va, de porte en porte, en nage,

Conter son aventure à tout le voisinage

Ainsi je vous le dis, dans le ciel qui l'attend,

On fête le retour au bien du pénitent »

Épuisant le sujet, il ajoutait . « Un père

Avait pour ses deux fils une affection paire

Le plus jeune pourtant n'était qu'un étourdi,

Chez qui la passion du mal avait grandi.

« Je quitterai, dit-il, la maison paternelle,

La tutelle, après tout, ne peut être éternelle

L'esprit, l'âme et le corps gagnent à voyager,

L'horizon est étroit, passons à l étranger

Père, daignez pour moi devancer le partage

Et remettre en mes mains mon modeste héritage »

On ne transige pas avec les fous, navré,

Le pauvre père fit le partage à son gré.

A quelques jours de là, sa famille assemblée,

Le beau lépidoptère avait pris sa volée.

Avant le bout de l'an le jeune émancipé

Dans une nuit d'orgie avait tout dissipé

Laissé seul, il connut la pénurie extrême,

D'un travail lucratif il chercha le problème,

L'ivresse éteinte, il eut un éclair de raison,

Il alla, rougissant, de maison en maison.

Mais les enfants troublés s'enfuyaient vers leurs mères.

Nul ne prêtait l'oreille à ses plaintes amères,

Les portes se fermaient devant ce malheureux

Un homme cependant, riche en troupeaux nombreux,

Daigna lui confier les pourceaux de sa ferme,

D'un être dégradé c'était le dernier terme

Il eût rempli son ventre, au gré de son désir,

De ce fruit qu'on prodigue aux pourceaux à plaisir.

« Ah ! disait-il, où sont mes plans imaginaires ?

Mon père prenait soin de tous ses mercenaires,

Quand le moindre d'entr'eux a-t-il manqué de pain ?

Et moi, son propre fils, je meurs ici de faim.

Un père est indulgent, il se peut qu'il oublie

Le fol égarement d'un fils qui le supplie.

J'irai trouver mon père, et qui sait ? Sa pitié

Peut-être me rendra son ancienne amitié. »

Il était loin encor, assailli par le doute,

Brisé par le remords, épuisé de la route,

Son père l'aperçoit et ce cœur généreux

Vole au-devant d'un fils devenu malheureux.

— Mon père, murmurait l'enfant les yeux à terre,

Je n'ose rencontrer votre visage austère,

J'ai péché contre vous, je confesse mon tort,

Du dernier de vos gens j'accepterai le sort

— Donnez-lui son anneau, dit le père avec joie,

Couvrez son torse nu de la plus fine soie,

Ce fils qui m'est rendu, c'est mon âme, c'est moi,

Je veux qu'il soit traité comme un enfant de roi

Choisissez le plus beau des veaux de mon étable,

De sa fumante chair vous chargerez la table.

Des convives d honneur sont appelés au lit,

La coupe tour à tour se vide et se remplit,

L'esclave dans les rangs fait circuler l'amphore.

Largesse ! le banquet ira jusqu'à l'aurore.

La cymbale, le luth et le sistre aux dix voix

D'heureux musiciens frémissent sous les doigts

Attardé dans les champs, et rendu de fatigue,

Arrivait sur le soir le frère du prodigue.

La maison est en fête, et la coupe à la main,

Chacun à tour de rôle entonne son refrain

Il avise un esclave   — « A quoi songe mon père ?

Quel changement subit en son esprit s'opère ?

— Votre père, Seigneur, a voulu qu'en ce jour

D'un fils dissipateur on fêtât le retour

— Et moi pour qui la vie est un long sacrifice

Toujours prêt à plier à son moindre caprice,

Qui lui donne les soins les plus affectueux,

Serviteur attentif et fils respectueux,

Je n'ai jamais reçu, pour prix de mes services,

Le chevreau bondissant au milieu des génisses,

Mais que l'autre, un beau jour, escomptant l'avenir,

Dévore tout son bien et daigne revenir,

On le reçoit à bras ouverts et, pour la fête,

Son père du troupeau prend la plus belle tête

— Toi, dit le père ému, tu restes avec moi,

Et ce que je possède est par là même à toi »

LE SEMEUR.

Exiit qui seminat seminare semen
suum

                    S Luc, c viii 5

I

Il a préparé son terrain,
Ouvert le sillon de sa manse,
Le semeur, pendant la semence,
Voici qu il va semer son grain

Ses greniers vides, la main pleine,

Il s'est dirigé vers la plaine,

Impassible, le front serein.

Où tombe ce grain précieux ?

Un jour, coupé sous la faucille,

Il devait nourrir la famille

Du moissonneur judicieux.

Il s'est épandu sur la voie,

Comme un don que le ciel envoie

Aux petits oiseaux soucieux.

Il tombe sur un sol pierreux,

Sans humidité, sans argile

Il germe, mais l'épi fragile,

Aux feux d'un soleil désastreux,

S'allanguit bientôt, se calcine ;

Et, comme il était sans racine,

Il sèche au fond du ravin creux

Il tombe encor sur un buisson,

Ou l'églantine et l'aubépine,

Ou la ronce noire et l'épine

Poussent ensemble à l'unisson

La semence étant étouffée,

La paille fut le seul trophée

Du moissonneur à la moisson.

Il tombe enfin sur un guéret,

Champ favorable à la culture,

Au grand travail de la nature,

Qui s'accomplit dans le secret.

L'épi naît, son cône est superbe,

Le fléau demande sa gerbe,

L'aire est ouverte, le van prêt.

II

Peuple, que le prophète Isaïe appelait :
Race d'iniquité, qui grandit sous l'enclume,
Dont l'argent s'est changé tout à coup en écume,
Le Seigneur se révèle et parle à qui lui plaît ;
Peuple, saisis le sens de cette parabole,
Le Verbe est le semeur qui sème sa parole.

Un esprit turbulent, c'est le chemin battu :
Aux vérités d'en haut il prête en vain l'oreille,
Le tentateur jaloux, à ses côtés qui veille,
Triomphe sans effort d'une telle vertu.
La semence divine est un souffle qui passe,
Un son vague et confus qui se perd dans l'espace.

Un esprit paresseux, c'est le sol maigre et sec,
Où la pierre par l'eau n'est jamais pénétrée
Il entend volontiers la parole sacrée,

Mais l'étrange auditeur cède au premier échec.

Pour lui tout est sujet de chute et de scandale

Le bâton du pasteur, sa robe et sa sandale

Un esprit inquiet, c'est le champ épineux

Les plaisirs de la vie et la soif des richesses,

Avec leurs passions, avec leurs sécheresses,

Donnent l'amour du luxe et des goûts ruineux,

Aux vanités du monde il n'est jamais de terme,

La semence reçue étouffe dans son germe

Un esprit excellent, c'est le sol cultivé,

Pour lui rien n'est caché, pour lui rien n'est mystère,

La parole de Dieu féconde cette terre;

Où les sens sont soumis, le cœur est élevé

Pour qui vit dans la paix et les saintes pensées,

La nature a ses dons, le ciel a ses rosées

LA PARABOLE DU SAMARITAIN.

Alligavit vulnera ejus, infundens
oleum et vinum

S Luc, c x, 34

Voyageur attardé par une nuit obscure,

Un homme de Solime allait à Jéricho;

L'endroit était désert et la route peu sûre,

Un appel en ce lieu n'eût pas trouvé d'écho

Embusqués près de là, des voleurs l'assaillirent
Terrassé sous l'étau d'une puissante main,
Il lutta vainement, ses forces défaillirent,
Et sa masse en tombant a rougi le chemin

C'était l'heure ou la terre au ciel lit son cantique,
Où le val, ou le lac, où le bois sont sacrés,
L'homme restant sans vie, un saule sympathique
Inclinait sur son front ses rameaux éployés

Cependant l'aube naît, le feuillage s'anime,
Les bosquets ont repris leur ramage joyeux,
Dialogue sans fin, que l'aurore ranime,
Concert de la nature, hymne mystérieux !

Du repos de la nuit merveilleuse magie !
La fraîcheur du matin ravive le blessé.
Tiré de sa torpeur et de sa léthargie,
Il va péniblement jusqu'au bord du fossé

Mais ce fossé maudit deviendra-t-il sa tombe?

Le bélier dans les prés s'éloigne en bondissant;

Trois fois il se relève, et trois fois il retombe

Sur ce douloureux lit fait de boue et de sang.

Enfin, il voit paraître, ô sainte providence!

Grave et majestueux, un prêtre de la loi,

Dont le pas du cheval mesure la cadence.

— « Vous que le ciel m'envoie, ayez pitié de moi! »

— « Malheureux, je vous plains, que votre état est triste!

Dit le prêtre contrit, mais il n'est pas mortel,

Je l'espère du moins, que le ciel vous assiste!

Pour moi, je ne puis rien, on m'attend à l'autel. »

Il passe, il est passé! C'est le tour d'un lévite,

Qui détourne les yeux pour ne pas s'émouvoir

— « A moi! » dit le mourant, mais il s'éloigne vite:

— « Vous secourir, dit-il n'est pas en mon pouvoir »

Au même lieu, monté sur sa bête de somme,

Cheminait lentement pour un pays lointain

Un homme, — pour un juif, ce n'était pas un homme,

Mais bien un mécréant, un vil samaritain —

A peine aperçoit-il, étendu sur la laie,

Son semblable oublié dans cet état affreux,

Il vole à son secours, visite chaque plaie,

La bande, y verse l'huile et le vin généreux

Puis il a pu placer sur sa docile bête

Le blessé qu'il confie au meilleur hôtelier .

« Reçois ces deux deniers, dit-il, et sur ma tête,

Je solde, à mon retour, ton toit hospitalier »

LE PUBLICAIN ET LE PHARISIEN.

Jejuno bis in sabbato

S Luc, c xviii 12

C'est l'heure de compter ce qui nous reste à vivre,
L'heure d'interroger notre cœur comme un livre,
L'heure de la prière et du recueillement,
Ou l'âme devant Dieu discute son scrupule ;
La nuit vient, au dernier rayon du crépuscule
    L'hymne du son expire lentement

Deux hommes ont franchi le portique du temple .

L'un sous la pourpre et l'or saintement se contemple,

Et tels sont les honneurs qu'il reçoit, en ce lieu,

De lévites charmés, dans la foi qui les grise,

De servir à genoux un prince de l'église,

    Qu'on le prendrait lui-même pour un dieu

L'autre est un misérable, un de ces prolétaires,

Que le vulgaire écarte et qui vont solitaires.

Pauvre dans son labeur, un obscur ouvrier ,

Quand le forum est plein, quand le jour est aux fêtes,

Quand les chemins publics semblent pavés de têtes,

    Dans la maison sainte lui va prier

L'un ne se nourrit pas d habitude , il végète,

Il vivrait grassement de ce que l'autre jette,

Il ne demande à Dieu que le sel et le pain,

Encore trouve-t-il du superflu de table

Qu'il va distribuer, discret et charitable,

    Aux malheureux dont il trompe la faim

10

Rigide observateur de la loi d'abstinence,

L'autre, en pope bien né, sait faire pénitence ·

Sarcelles et plouviers, truffes du Périgord,

Ananas, poules d'eau, chevrettes de la Meuse,

Arrosés de cliquot et d'un peu de chartreuse,

    Font accepter le maigre avec effort.

« Seigneur, dit l'homme vain, grâce te soit rendue,

Si je suis juste et bon, la gloire t'en est due.

Je ne ressemble pas au commun des mortels,

Ils sont vindicatifs et je suis pacifique ;

Haineux, et je suis doux ; durs, je suis magnifique,

    J'ai couvert d'or le bois de tes autels.

» Sobre en mes appétits, mais brûlant sous la lave,

Je macère mon corps et le traite en esclave,

Fidèle à pratiquer les jeûnes du sabbat.

Si mes biens sont nombreux, je donne plus qu'un autre,

Et de la charité je suis encor l'apôtre,

    En visitant la veuve en son grabat »

— « Pitié, Seigneur, pitié, » disait l'homme de peine

« Le travail aux besoins du jour suffit à peine ;

» Rends à son atelier mon garçon alité.

» Ta droite ne veut pas briser ce frêle arbuste,

» Il était, comme moi, vigoureux et robuste,

    » Mais qu'il soit fait selon ta volonté !

» Je n'ai pas déjeûné pour acheter ce cierge,

» Que je viens allumer en l'honneur de la Vierge ;

» Le jeûne est notre luxe à nous, petites gens,

» Si tu guéris l'enfant, je veux, chaque dimanche,

» Garder sur mon salaire une couronne blanche

    » Qui grossira le tronc des indigents »

Ainsi l'homme de bien, c'est l'homme de l'échoppe,

Le cèdre est renversé quand s'élève l'hysope ;

On peut brûler un trône, on respecte un taudis.

« Jeûnez, mais gardez-vous, » disait le divin Maître,

« Par un air abattu de le faire connaître,

    Aux plus petits j'ouvre mon paradis »

Le triomphe du vice est de courte durée,

Laissez-les s'élancer âpres à la curée,

Quêter, l'échine en deux, de grosses pensions,

Etaler leur brocart dans les cérémonies ;

Pour eux aussi viendra le jour des gémonies,

   Le jour vengeur des expiations

JESUS ET LA SAMARITAINE.

Adoratis quod nescitis, spiritus
est Deus

S Jean, c iv 22 24

Le divin vagabond qui n'eut pas de demeure,

L'héritier de David qui reconnut César,

Arrivait épuisé dans les murs de Sichar,

Ce jour-là, vers la sixième heure

Le sable était bi ûlant, l'atmosphère embrasée
Offrait à l'œil séduit des mirages trompeuis ;
Le palmier et le pin, injectés de vapeurs,

    Desséchaient, faute de rosée.

Près de là s'étendait le modeste héritage
Que transmit à Joseph le vieux Jacob mourant,
Retraite sûre, ouverte au petit comme au grand,

    Oasis frais comme un cottage.

Un large puits, creusé par le saint patriarche,
Alimentait la ville, abreuvait les troupeaux,
Et, par sa solitude, invitait au repos

    Le passant brisé dans sa marche.

Parut alors, pieds nus selon l'usage antique,
Le sein emprisonné dans un corset de feu,
L'amphore sui l'épaule, une femme du lieu,

    On eût dit la *Vierge au Portique*

JESUS.

Femme, permettez-vous qu'emplissant votre amphore,
J'étanche de cette eau la soif qui me dévore

LA SAMARITAINE

D'une femme comme moi, Maître, qu'attendez-vous ?
Quel commerce peut-il exister entre nous ?
Vous êtes juif, sans doute, et moi, samaritaine.
Les vôtres n'ont pour nous qu'une morgue hautaine.

JÉSUS

Femme, vous me parlez comme au premier venu ;
Pourquoi le don de Dieu vous est-il inconnu ?
Si vous saviez celui qui vous demande à boire,
Les rôles changeraient et jalouse de croire,

Vous seriez la première à réclamer de lui

Le service qu'il veut demander aujourd'hui

Il vous aurait alors offert, en bon convive,

Une eau qui désaltère à la fois et ravive

LA SAMARITAINE.

Le puits est encaissé, profond et, sur l'honneur.

Vous n'avez, pour puiser, aucun vase, Seigneur

Seriez-vous plus puissant que Jacob notre père ?

Il n'eut d'autre moyen que de forer la terre,

Et de creuser ce puits, pour abreuver ainsi

Ses troupeaux et les siens qui languissaient ici

JÉSUS

Cette onde, cependant, jamais ne désaltère,

Au contraire, la mienne a le don salutaire

D'apaiser toute soif, et mon buveur heureux

Sent en lui sourdre une eau, dont l'effet merveilleux
Sera de rejaillir dans la vie éternelle,
Et de laver aussi la tache originelle.

LA SAMARITAINE

Donnez-moi de cette eau si merveilleuse, et puis
Je ne suspendrai plus mon amphore à ce puits

JESUS

Appelez votre époux et revenez ensemble.

LA SAMARITAINE

Je suis vierge et n'ai pas d'époux, comme il vous semble.

JESUS.

Vous en avez eu cinq, c'est juste, seulement
Celui que vous avez n'est pas vôtre vraiment

LA SAMARITAINE

Ah ! Seigneur, je vois bien que vous êtes prophète.

Nos pères adoraient d'abord sur cette crète,

Et voici maintenant que vous osez tenir

Qu'à Jérusalem seule il nous faudra venir

JÉSUS.

Qu'importe au fond le lieu, pour adorer le Père ?

Déjà dans les esprits un mouvement s'opère,

La lumière se fait et le jour n'est pas loin

Où pour parler à Dieu vous n'aurez nul besoin

D'un lieu déterminé, qu'il soit montagne ou temple ;

De tous les points créés le Père vous contemple.

Femme, je vous le dis, pour prier, croyez-moi,

Ce n'est pas un autel qu'il vous faut, c'est la foi !

Mais du culte divin avez-vous conscience ?

Seul, le juif du salut possède la science

Il est temps d'adorer enfin en vérité
Un Dieu qui n'est qu'esprit, amour et charité.

LA SAMARITAINE

Je sais que nous touchons, selon la prophétie,
A l'âge tant promis où naîtra le Messie.
Qu'il vienne nous donner le vrai sens de la loi !

JÉSUS

Il vient, il est venu, car votre Christ, c'est moi

Il épanchait son âme, il conversait encore,
Et la Samaritaine oubliait son amphore.
Arrivèrent les siens étonnés et jaloux,
Mais pas un d'eux n'eût dit . Maître, que faites-vous ?

*

LA RÉSURRECTION DE LAZARE.

Domine jam fœtet, quatriduanus
est enim.

S Jean, c xi, 39

Un patriarche obscur, du bourg de Béthanie,

Modeste sans étude et sage sans renom,

Subissait les langueurs d'une lente agonie,

Lazare était son nom

Marthe et Marie étaient ses sœurs, cette Marie
Qui parfuma les pieds de Jésus, puis encor
Prit, pour les essuyer, dans sa sainte industrie,
            Sa chevelure d'or.

Ni l'art du médecin, ni les larmes du prêtre
N'eussent pu conjurer le dénoûment fatal .
« Celui que vous aimez, » mandent-elles au Maître,
            « Seigneur, est au plus mal. »

Mais lui . « Rassurez-vous, car cette maladie
N'a pas la mort pour fin, mais la gloire de Dieu,
Il faut bien que le fils de l'homme s'étudie
            A l'étendre en tout lieu »

De cette humble famille il avait eté l'hôte,
Son dévoûment pour elle était connu ; pourtant,
Aux yeux de la sagesse humaine, il fit la faute
            D hesiter un instant

Ainsi juge le monde, ainsi marche l'idée,

Sans même s'arrêter au seuil de l'inconnu.

Deux jours après. il dit : « Retournons en Judée,

    » Le moment est venu »

— Quoi ! ne savez-vous pas que les juifs tout à l'heure

Vous recherchaient partout, des pierres à la main ;

Et voici cependant que vous dites . c'est l'heure

    De rebrousser chemin.

— Qui va durant la nuit à chaque pas trébuche,

C'est l'homme ivre égaré dans le sentier obscur ;

Mais qui marche en plein jour ne connaît pas l'embûche,

    Son pied est libre et sûr »

C'est ainsi qu'il parla ; puis, après une pause :

« Lazare notre ami, dit-il, doit sommeiller,

Voici pourquoi je vais à lui ; je me propose

    Enfin de l'éveiller »

Ils crurent que le mal n'était qu'imaginaire

Et lui dirent : Seigneur, il est guéri, s'il dort.

— « Je ne vous parle point d'un sommeil ordinaire?

     Lazare, hélas ! est mort !

» Il est mort ! et j'éprouve une certaine joie,

C'est que vos yeux fermés vont s'ouvrir aujourd'hui ;

Je suis la vérité, je suis aussi la voie,

     Mais allons près de lui. »

— Suivons-le, dit Thomas, que sa cause soit nôtre !

Qui connaît mieux que lui le moment opportun ?

Et puisqu'il faut être homme avant d'être un apôtre,

     Ayons un sort commun. »

Or depuis quatre jours, sous les plis d'un suaire,

Lazare dans la nuit du tombeau reposait ;

Et la foule assiégeant la maison mortuaire,

     Sur le seuil se croisait

Le Sauveur arrivé, Marthe aussitôt espère,

Elle baise sa robe, elle baise ses pas :

« Vous ici, je le sais, notre malheureux frère,

    Seigneur, ne mourait pas.

Mais ce n'est pas pour vous que le ciel est avare,

De ses jours précieux rallumez le flambeau.

Oh ! demandez à Dieu qu'il rappelle Lazare

    Des portes du tombeau.

— Il doit ressusciter. — Oui, mais au jour suprême,

Quand le monde aura fait son évolution

— Marthe, reprit Jésus ému, je suis moi-même

    La résurrection

Je suis la fin, je suis le principe et la vie,

Aussi celui qui vit, celui qui croit en moi,

N'a rien à redouter de la mort asservie;

    Mais avez-vous la foi?

— « Oui vous êtes le Verbe, oui, je crois que vous êtes

» Le Messie attendu du couchant au levant,

» Le Christ, l'oint du Seigneur, prédit par les prophètes,

  » Le fils du Dieu vivant »

Elle dit et prévient Marie avec mystère :

« Celui que vous savez, ma sœur, est en ce lieu. »

Celle-ci d'accourir, et, le front contre terre,

  D'adorer l'Homme-Dieu.

La foule, cependant, échelonnait la route :

Les deux sœurs s'éloignaient si précipitamment

Que chacun se disait : « Elles s'en vont, sans doute,

  Pleurer au monument. »

« Oh! » murmurait Marie, et de son bras fébrile,

Elle enlaçait les pieds sacrés à deux genoux.

» Votre amitié, Seigneur, ne sera pas stérile,

  » Ayez pitié de nous! »

Les sanglots l'étouffaient et la foule attendrie
Mêlant ses pleurs aux siens, le Maître se troubla :
« Où l'a-t-on déposé, » dit-il lors à Marie,
          Et son œil se voila

« Seigneur, daignez venir et voir. » Silencieuses,
Les larmes de Jésus ruisselaient de ses yeux ,
Pieux tribut d'ami, perles plus précieuses
          Que les saphirs joyeux

« Voyez comme il l'aimait! » dit la foule éblouie,
» Il parle et la nature obéit sans effort;
» Il a rendu la vue, il a rendu l'ouïe,
          » Qu'il sauve de la mort! »

Dans un banc de rochers une crypte creusée
Servait de sépulture à l'ami de Jésus.
Une pierre en dolmen avait été posée
          Seulement par-dessus.

Dans ce funèbre lieu le Christ frémit encore
Enlevez cette pierre. — « Il sent mauvais ; depuis, »
Dit Marthe dont la voix suppliante l'implore,

 « J'ai compté quatre nuits »

— Je vous l'ai dit . croyez, car Dieu, c'est la lumière,
» Car vous verrez sa gloire au flambeau de la foi,
» La croyance en son nom, c'est la vertu première,

 » C'est la première loi.

» Vous m'avez exaucé, soyez béni, mon Père ! »
Dit le Maître, tenant les yeux levés au ciel,
« Je n'ai qu'à vous prier, et votre grâce opère

 » En faveur d'Israel.

» Vous m'exaucez toujours, mais ce peuple l'ignore,
» Et si je dis cela, mon Père, c'est pour lui.
» Je suis votre Messie, et vous voulez encore

 » Le montrer aujourd'hui »

Il dit et s'écria d'une voix magistrale

« Sortez dehors, Lazare ! » Aussitôt apparut,

Couverte d'un linceul, son ombre sépulcrale,

    Et tout le peuple crut

VERCINGETORIX.

HYMNE GAULOIS

At Romæ ruere in servitium
consules, patres, eques

TACITE, *Annales I*

Par une sombre nuit, chez le plus ancien gall,
A la mort de ce bienn on assembla le mall,
Puis un barde chanta, dans l'horreur des ténèbres,
En l'honneur du héros ces dactyles funèbres

12

« Aux lieux ou fut Alise élevez un dolmen

Au soldat que célèbre aujourd'hui mon carmen,

Couvrez ce monument immortel de ramures,

Ou le vent à nos voix mêlera ses murmures

Au premier cri de guerre armé, jamais surpris,

Le gaulois, aux cheveux teints en rouge, à l'œil gris,

Vrai phare illuminant les forêts de la Gaule,

S'en allait à Cesar, le maillet sur l'épaule

Resserré par le col du Jura, d'une part,

Il trouvait dans le lit de la Saône un rempart,

Et devant les faisceaux et les aigles de Rome

Le pays, à sa voix, se levait comme un homme

» Enfant à manier la fronde il excellait,

Nul dans les jeux d'adresse alors ne l'égalait

Il dut à son génie, Arverne de naissance,

Ce qu'il eut d'ascendant sur nous et de puissance.

Du pays alarmé Vergobret et bras droit,

Le pouvoir dans les camps lui revenait de droit

Manœuvrant à son gré sa troupe volontaire,

Il inspirait aux siens un effroi salutaire

Aussi sous un tel chef le soldat entraîné

Dans le desordre même était discipliné.

Il expulsait des rangs pour une faute grave .

« Qui forfait à l'honneur, disait-il, n'est pas brave »

» Il faut au fier romain le baudrier d'azur,

Sur la louve en vermeil le casque d'argent pur,

Et la housse de pourpre et la selle d'ivoire

Sous un autre attirail lui volait à la gloire,

Un ceinturon de cuir pressait à son côté

Sa fidèle francisque, au tranchant redouté,

Qui dans les rangs confus causait tant de ravages

Il ne montait qu'à cru les étalons sauvages,

Et dédaignant le luxe insolent du romain,

Il ne se présentait que le fer à la main.

Une saie à fond noir, serrée à la ceinture,

Dégageant l'avant-bras, clevait sa statue

» Il rejetait pour nous tout commeice honteux

De produits éneivants et d'un luxe douteux,

Etalés follement sur les bords du Tibie,

Mais qui ne tentent pas une nation libre

Mantelets et behers sans l'abandon d'Hésus

N'auraient pu triompher du fils de Celtillus

De l'un à l'autre camp la victoire indécise

Osa se prononcer contre lui dans Alise

Suspendez aux rameaux desséchcs d'Iiminsul

Le corps supplicie du dernier proconsul

Teutatès veut du sangi que l'eubage prépaie

L'autel ou doit tomber la victime qu'il paie !

» Qui de nous ne l a vu dans les combats sanglants

Modérer les plus vifs, stimuler les plus lents ?

Hécatombe de morts tassés sur une claie,

La plaine offrait l aspect horrible d'une plaie

Les corps de nos soldats, mutilés, écharpés,

Se tordaient comme autant de ieptiles coupés

Les vautours au vol lourd, humant déjà leur proie,
Planaient sur les mourants avec des cris de joie.
Quand l'effroi dans ces jours de deuil regnait partout,
Impassible et serein, lui seul était debout;
Et sur tout son parcours chaque pierre levée
Faisait, à chaque échec, surgir une levée.

» Pour priver le romain de fourrage et de blé,
Pour harceler encor ce rival harcelé,
Il allait promenant la torche incendiaire
C'était son alliée et son auxiliaire
Il brûlait les maisons, il ravageait les bourgs,
Piétinant à l'envi jachères et labours,
De récente culture effaçant toute trace
Tel on vit autrefois ce démon de la Thrace,
Qui dut à sa fureur son titre d'immortel.
L'histoire en fit un dieu, mais jamais son autel
Ne s'alluma qu'au feu des cités embrasées,
Des remparts abattus et des places rasées

12

Puisqu'il devait un jour, écrasé sous son char,

Subir l'étranglement de la main de César,

Puisque les Dieux s'en vont, puisque l'autre l'emporte,

Puisque la légion a tué la cohorte,

Cherchons dans l'univers quelque coin ignoré,

Où l'esclavage au moins n'aura pas pénétré

Si nous ne faisons pas ce qu'ont fait nos ancêtres,

Si nous fermons l'oreille aux conseils de nos prêtres,

Si nous demeurons sourds à la voix de Thuiston,

Nous subirons le sort du Cimbre et du Teuton.

Bientôt toute la Gaule, amincie en provinces,

Aura perdu les us et les lois de ses princes.

» De nos divisions nous recueillons les fruits,

Nos champs sont ravagés, nos asiles détruits,

Nos filles et nos sœurs, victimes de sa rage,

Ont subi du vainqueur le plus cruel outrage,

Le druide, au mépris de la commune loi,

Ne peut continuer son pacifique emploi

Impuissant à lutter contre le maléfice,

Le prêtre est insulté pendant le sacrifice.

O Vercingétorix ! Teutatès outragé

Par tes petits-neveux ne sera pas vengé !

Un nouveau dieu, venu des lointaines contrées,

Assoîra son autel sur nos pierres sacrées

» Orient, quelle aurore empourpre ton sommet ?

Quel est ce conquérant que ta clarté promet ?

Quel est cet autre brenn qui sur nos monts se lève,

Donne la paix au monde et fait rentrer le glaive ?

Il distribue aux siens, comme on partage un champ

Le globe labouré du levant au couchant

Un commandement sûr, une parole austère

Rehaussent de ce chef l'auguste caractère

Princes et nations, embrassant ses genoux,

Enchaînés à son char, lui disent   « Sauvez-nous ! »

C'est le libérateur que le ciel nous envoie,

Car lui seul est la vie et lui seul est la voie

» C'est le soldat vengeur, c'est lui, l'homme nouveau

Qui doit rendre au pays le calme et le niveau

Dans les plis de sa toge il tient nos destinées,

Et pour les accomplir il va des Pyrénées

Aux sommets du Caucase et du Mont Aventin

Chaque heure, une victoire inscrite au *Bulletin*.

La hutte se transforme en un palais de marbre,

La tige la plus mince est devenue un arbre,

Chêne majestueux, dont les mille rameaux

Fertilisent nos champs, fécondent nos hameaux

En paix au sombre empire on nous verra descendre,

Un peuple de héros renaît de notre cendre »

Ainsi chanta le barde et tous . Nous sommes prêts,

Reculons, s'il le faut dans les hautes forêts ,

Le Sénanis aura, pour la lune prochaine,

Partout le sélago, partout le gui de chêne

LIVRE MODERNE

LE BAPTÊME D'UN PRINCE.

Accipe sal sapientiæ,
Accipe vestem candidam,
Accipe lampadem ardentem.

LITURGIE

Le canon d'Austerlitz, fidèle à son programme,
A vomi dans nos murs son tonnerre et sa flamme;
Le fleuve populaire en bondit dans son lit.
Tributaire obligé de nos fêtes publiques,
L'écho répète au loin ces salves pacifiques
　　Dont l'étranger encor pâlit

Et voici que la cloche à l'immense coupole,

Sentinelle d'airain gardant sa métropole,

Se réveille et s'ébranle avec solennité,

Bourdon majestueux dont les ondes sonores

Tombent de ses deux tours comme de deux amphores,

     Et ruissellent sur la cité !

Jour grand parmi les jours, que Dieu dans sa largesse

Promit au souverain, doué de sa sagesse,

Suscité parmi nous ainsi que Gédéon ;

Ou, privilége saint que la foi réalise,

Un enfant est nommé fils aîné de l'Église,

     Sous le nom de Napoléon !

Napoléon ! — Rival des César, des Pompée,

Ce nom est un poeme, une longue épopee

A commenter un jour par nos petits-neveux ! —

A ce nom, du palais à l'obscure chaumine,

Tout sommet se pavoise et tout front s'illumine,

     Le ciel a couronné nos vœux

La grande basilique avec faste déploie

Ses tapis de velours, ses tentures de soie,

Sous leurs plis ondulés dérobe ses piliers,

Le dais impérial s'y dresse par magie,

Et dans des lustres d'or la plus blanche bougie

      Reflète ses feux par milliers

Notre-Dame! ô puissant et beau vaisseau de pierre,

Attaché par le cœur à la barque de Pierre,

Que de rois ont franchi ton portique béant!

Combien y sont venus conjurer la fortune!

Combien de *Te Deum* mondains à ta tribune,

      Froid témoin de notre néant!

Te souviens tu, dis-moi, de ces jours où la Gloire,

S'attelant en esclave à son char de victoire,

Ramenait dans nos murs l'Empereur triomphant ?

La mer alors montait et le flot populaire,

Venant battre en grondant ta quille séculaire,

      T'apportait le père et l'enfant

13

Aujourd hui comme alors, vois-tu, la mer est haute

Le flot vient qui t'apporte en souriant son hôte

Et conduit à ton bord un royal passager

C'est le nid d'Alcyon que la vague dépose.

C'est le berceau du Nil où Moise repose,

  Que ton roulis lui soit léger !

Aujourd'hui comme alors, ô nef sainte, le trône

Offre sur ton autel sa plus belle couronne,

Présente au bon pasteur aussi son premier né,

Aujourd'hui comme alors, c'est l'heure solennelle,

Ou l'eau qui sait laver la tache originelle,

  Ondoie un front prédestiné

C est le petit-neveu de ce roi d'Italie,

Qui releva la croix dans l'ombre ensevelie,

Ouvrez vos portes d'or, pontife du saint lieu !

Il vient comme autrefois venait le roi de Rome

Père spirituel, que l'enfant né de l'homme

  Naisse par vous enfant de Dieu !

Celui qu'une céleste atmosphère environne,

Le vieillard couronné de la triple couronne,

Le serviteur de tous et le Pontife-roi,

Le vicaire du Christ, l'élu du Janicule,

Qui fait au fier romain baiser sa sainte mule

      Tel est le garant de sa foi

Un lévite attentif ou quelque bon génie

Avait tout préparé pour cette épiphanie,

Voici le grain de sel choisi sur le sillon,

Voici l'eau du salut puisée au Jourdain même,

Voici le chrémeau blanc et voici le saint chrème,

      Lors le moderne Massillon

« Fils de l'homme, reçois le *sel de la sagesse*,

» Principe de saveur, élément de richesse,

» Magnifique présent que nous tenons du ciel,

» La coupe du festin est quelquefois amère,

» Reporte alors le vase aux lèvres de ta mère,

      » Elle s'en réserve le fiel

» Ange je te revêts de la *robe de l'ange*,

» Tu la conserveras pure de toute fange,

» Mais garde-toi surtout des ronces du chemin,

» Marche sous l'œil de Dieu qui prend sous sa défense

» L'aigle comme l'aiglon, l'âge mûr et l'enfance

        » Qu'il sent palpiter dans sa main.

» Héritier des César, voici la *lampe ardente*

» Qui rendra ton pas sûr et ta marche prudente :

» Entre dix mille et plus fais choix de ton conseil,

» Un prince sage et bon sagement administre,

» Le meilleur courtisan est un mauvais ministre,

        » Écarte avec soin son pareil.

» Dieu par qui tout se meut, Dieu par qui tout respire,

» Qui donnes à ton jour la puissance et l'empire,

» Dont le nom est partout en si profonds desseins ,

» Qui soutiens sur les eaux la colombe de l'arche,

» Et tentes Abraham ton premier patriarche,

        » Impénétrable en tes desseins !

» Daigne, dans ta bonté, bénir ce Fils de France,

» Anneau d'or, arc-en-ciel et rameau d'espérance

» Que ta droite dispense au peuple de ton choix !

» Que cet autre Joas grandisse dans ta crainte,

» Qu'il aime et fasse aimer ton nom et ta loi sainte,

    » Tes autels et ta croix de bois !

» Alors de tout rayon, alors de toute zone,

» Un concert triomphal montera vers ton trône,

» Psaume sur tous les tons, éclatant, immortel !

» Alors le cœur des tiens sera son capitole

» L'ouvrier sur l'étau, le prêtre sous l'étole,

    » Diront son nom à leur autel »

A ces mots et suivant le rite catholique,

Il verse un flot d'argent de l'onde symbolique

Sur le front rose et blanc de l'enfant gracieux ;

Aussitôt s'accomplit un auguste mystère :

Comme un hymne d'amour s'élevait de la terre,

    Un chant de paix partait des cieux

D'ineffables accoids doux et sublime échange !

Assaut harmonieux ! lutte entre l'homme et l'ange !

Echelle merveilleuse, où le génie humain

Dans un colloque intime interrogeait le Veibe,

Qui va prêtant l'oreille au plus petit brin d'heibe

Foulé sur le bord du chemin

I HOMML

« Salut, joyau de la couronne,

» Par un Dieu même ciselé !

» Salut, héiitier d'un grand tiône,

» Sui un grand moule modelé !

» Salut, aiglon qui vient d'ecloie,

» Premier iayon, piemière auioie,

» Aube enchantée, astre charmant,

» Plus pur qu'un vin de Malvoisie,

» Votre œil d'azur, âme choisie,

» A tout l eclat du diamant

L ANGE

» Corolle d or, jeune âme élue

» Dans les secrets de l'infini,

» Nouveau chrétien, je vous salue !

» Je vous salue, enfant beni,

» Ame blanche, sœur de mon âme

» Front étoilé, divine flamme,

» Allumée aux sacres parvis !

» Des legions d anges, mon frère,

» Du haut de la celeste sphère

» Jettent sur vous des yeux ravis

L HOMME

» Saint-Cloud a des tapis de mousse,

» Des mosaïques de gazon,

» Duvet soyeux et laine douce

» Pour cet ange de la maison

» C'est pour lui que la capitale

» Garde les trésors qu'elle étale,

» Courbe ses tilleuls en berceaux

» Et creuse des bassins superbes,

» Où les jets d'eau lancent leurs gerbes

» Sur les fleurs et sur les oiseaux

L'ANGE

» Je quitte la voûte azurée,

» Deputé par l'Ancien des jours,

» Pour ombrer sa tête sacrée,

» Car je suis l'ange des amours

» Pour l'innocent et pour le juste,

» Pour la vierge et l'enfant auguste

» J'ai des rêves délicieux,

» Je leur mets au front une étoile,

» Je soulève pour eux le voile,

» Le voile splendide des cieux

L'HOMME

» Cette tête, où l'idée en germe

» Doit mûrir au soleil de Dieu,

» Est le sol vierge qui renferme

» Un monde entier, un monde en feu

» Apportez-lui son diadème,

» Le globule et le sceptre même

» Forgé pour sa petite main ;

» Ce large front porte un empire,

» Ce visage déjà respire

» La majesté du souverain

L'ANGE

» Pour lui le sablier commence !

» Bientôt il prendra son essor,

» Préparez sa place à la mense,

» Il est inscrit au livre d'or !

» Sa robe a la blancheur du cygne

» Son front marqué du divin signe

» Resplendit d un éclat nouveau,

» Qu il soit le bienvenu ! Qu'il vive !

» Place pour ce jeune convive,

» Qu'il vienne aux noces de l Agneau !

L'HOMME

» Il aura la grâce d'Ascagne

» Un jour, fidèle à son mandat,

» Il ira comme Charlemagne

» Et cet autre empereur soldat !

» C'est pour lui, Louvre, que tu gardes,

» Confiés aux soins des Cent-gardes,

» Quelques plis de l'ancien drapeau,

» Sainte relique et noble frise,

» L'illustre redingote grise,

» L épée et le petit chapeau !

L'ANGE

> » Prisme menteur ! tout heur s'effeuille,
>
> » Toute chose tombe en son lieu,
>
> » Et l'homme au terme ne recueille
>
> » Que le denier qu'il prête à Dieu !
>
> » Ecu, blason, rubans, simarre,
>
> » Brocart d'or dont on se chamaille,
>
> » Oripeaux à vendre à l'encan !
>
> » Le plus éclatant diadème
>
> » Quelquefois à l'heure suprême,
>
> » Pèse au front comme un lourd carcan ! »

L'HOMME

> » O père, qui nous tiens en laisse
>
> » Sur ce globe, ton marchepied,
>
> » Fais que l'épine qui nous blesse
>
> » Ne déchire jamais son pied !

» Sème le lis, sème la rose

» Sur la voie où cet ange rose

» Glissera son pas de satin,

» Verse, ô Dieu, de ton élysée

» Ta plus abondante rosée

» Sur l'aube d'or de son matin ! »

L'ANGE

» Emmanuel, qui fis son âme

» D un seul rayon de ta beauté,

» Fais qu'il mûrisse sous ta flamme,

» Au profit de l humanité !

» Fais qu'il s'élève dans le monde,

» Comme un palmier aimé de l onde !

» Hosanna ! déjà je le vois,

» Ce jeune enfant vêtu de gloire,

» Assis sur un trône d ivoire,

» Porté par le peuple au pavois »

Les chœurs avaient cessé, l'orgue brûlait encore
Les notes du clavier onduleux et sonore
Qu'un doigt intelligent animait à son gré,
Le son, comme le feu, courant sur les pédales,
Lambait le bois sculpté, se tordait en spirales,
     Quand il s'éteignit par degré

Consumé lentement au fond des cassolettes,
L'encens n'épandait plus ses vapeurs violettes,
La flamme de l'autel s'éteignit à son tour.
Dieu venait de remplir plus d'une oreille avide,
Bientôt le flot ravi, s'écoulant, fit le vide
     Dans la nef et sur le pourtour

Or la foule ondulait sur le quai, sur la rue,
Non cette louve au poil hérissé qui se rue
Sur le pavé sanglant des révolutions,
Mais une grande dame, élégante, dorée,
Étalant au soleil sa robe diaprée,
     Calme en ses acclamations

On dit qu'alors, saisi d'un mouvement lyrique,

Un héros mutilé d'une époque homérique,

Ruine auguste assise au seuil du Panthéon,

Pleura de douce joie à l'aspect du cortége,

Et déroulant au vent ses beaux cheveux de neige,

    S'écria comme Siméon

« Seigneur, mes yeux ont vu votre divin symbole,

» Seigneur, laissez aller, selon votre parole,

» Laissez aller en paix votre vieux serviteur.

» Sonne, sonne pour moi l'heure de délivrance,

» Je m en vais satisfait et l'ange de la France

    » Devient mon ange conducteur   »

L'ANGE GARDIEN.

Angelis suis mandavit de te,
ut custodiant te in omnibus viis tuis

I

Lorsque l'enfant repose
Sur sa couchette rose,
Sous les lilas fleuris,
De crainte que l'abeille

En volant ne l eveille

Et n'excite ses cris,

Une aile se deploie

Sur ses cheveux de soie

Et sur ses traits cheris

C'est l'aile du saint ange

L'élu de la phalange

C'est l'ange des amours ;

C'est lui, c'est le bon frère,

Descendu sur la terre,

Pour veiller sur ses jours

II

De la blanche aubépine

Qui détourne l'épine

Sous ses pieds delicats ?

Au piix d'une caresse,

Qui soutient sa faiblesse
Et l'aide à faire un pas ?
Enfin qui dans la foule,
Haute et terrible houle,
Le porte dans ses bras ?

C'est lui, c'est le saint ange,
L'élu de la phalange
C'est l'ange des amours,
C'est lui, l'ami fidèle,
Qui garde l'enfant frêle
Et protège ses jours

III

Dans son berceau malade,
Est-il triste et maussade,
Qui le console encor ?
D'une voix si touchante,

Qui l'amuse et l'enchante,

Qui le berce et l'endort?

Qui lui donne en un songe

D'agréable mensonge

Ces jolis rêves d'or ?

C'est encor lui, c'est l'ange,

L'élu de la phalange

Et des saintes amours

C'est lui, c'est l'ange même,

Député par Dieu même

Pour défendre ses jours

IV

Sa charité si tendre

Aime-t-elle à s'étendre

Sur les pauvres honteux ?

Prodigue sans prudence,

Est-il la providence
De tous les malheureux ?
Dans leurs mains déchaînées
Glisse-t-il les guinées
Qu'il gardait pour ses jeux ?

C est que souvent cet ange,
L'élu de la phalange,
Qui l'observe en tout lieu,
Dit bas à son oreille
Qu'une aumône pareille
Est agréable à Dieu

V

Jamais son innocence
Ne reste sans défense,
Ne reste sans soutien
Si parfois il devie

Du chemin de la vie,

Connu seul du chrétien,

Une voix qui s'élève

Ramène cet élève

Au sentiment du bien

C'est la voix du saint ange,

L'élu de la phalange

Qui le veille sans fin,

Et lui montre l'abîme

Où trop souvent le crime

Vient aboutir enfin

VI

Si l enfant indocile

A perdu si fiagile

Son précieux trésoi,

L'ange voile sa face

Et de son doigt efface
Son nom du livre d or
Puis déployant ses ailes,
Aux hauteurs éternelles
Il reprend son essor

Ah ! plaignons ce bon ange,
L'élu de la phalange
Et des saintes amours !
Sans but sur cette terre,
Il quitte l'hémisphèie,
Peut-être pour toujouis

VII

Plus souvent quand l'orage
S'annonce, dès cet âge,
Par un grondement sourd ;
Quand déjà la tempête

Promène sur sa tête

Son nuage si lourd ,

Ce long pélerinage,

Notre triste apanage

Pour lui sera plus court

Mais grâce à ce bon ange,

L'élu de la phalange

Et des saintes amours ,

Grâce à l'ami celeste,

A ses côtés qui reste

Et veille sur ses jours

VIII

Les yeux mouillés de larmes,

L'ange, sur ces alarmes,

Consulte le Très-Haut

La faveur signalée,

A peine formulée,
Se concède aussitôt
Et la mère surprise,
Perdra, dans une crise,
Son précieux dépôt

Qu'ils sont beaux ces deux anges
Se mêlant aux phalanges,
Brillants et gracieux !
Une vie est remplie,
Une tâche accomplie,
Un nouvel hôte aux cieux !

MEDITATION.

Dimitte vana vanis
Claude super te ostium tuum
et voca ad te dilectum

Imitation, livre i, c xx 8

Le soir descend, recueillons-nous, c'est l heure

Ou tout genou fléchit au nom de Dieu ;

Ou la prière anoblit la demeure,

Ou le réduit se transforme en saint lieu

O Christ Sauveur, tête auguste et sacrée,
Offerte un jour pour le salut de tous,
A la merci des apostats livrée,
Tourne vers nous ton visage si doux

N'as-tu pas dit « Demandez à mon père,
» Frappez au seuil et le seuil s'ouvrira,
» Venez à moi, car je suis votre frère;
» Allez à lui, car il vous bénira. »

Dieu provident, donne à la tourterelle
Un nid de mousse où ses faibles petits,
Placés en paix sous l'aile maternelle,
De l'oiseleur resteront garantis

Des longs hivers abrège la froidure,
Donne au printemps une robe de fleurs,
Donne à nos pres des rideaux de verdure,
Aux papillons de brillantes couleurs

15

Quand au retour de la forêt voisine
Le bûcheron regagne le hameau,
De ses pieds nus balaye au loin l'épine,
Rends plus léger son précieux rameau

Ouvre le port, le jour de la tempête,
Au matelot déjà glacé d'effroi,
La mort en vain tournoyait sur sa tête
Ses cris, Seigneur, sont montés jusqu'à toi

Tout ruisselant encor de l'onde amère,
Nous le verrons, ce valeureux marin,
S'acheminer vers l'autel de sa mère,
Bourdon en main, comme un vrai pèlerin

Emmanuel, que la vierge éplorée
Voie en rêvant celui qu'elle a perdu,
Donne une autre âme à cette âme égarée,
Rends le repos à ce cœur éperdu

Que celle aussi qui n'a plus de famille

Retrouve en toi son plus solide appui ;

Sois un bon père, appelle-la ta fille,

Sois son bras fort, si le danger a lui

Sur le chemin, voilée et demi-nue,

Une chanteuse a dans les yeux du sang,

Pitié, mon Dieu ! pour la pauvre inconnue,

Fais déposer à ses pieds un pain blanc

Des défaillants sois le saint viatique,

Mûris en nous des pensers généreux,

Verse la joie au foyer domestique,

Fais qu'en t'aimant nous soyons tous heureux.

Le soir descend, recueillons-nous, c'est l'heure

Ou tout genou fléchit au nom de Dieu,

Ou la prière anoblit la demeure,

Où le réduit se transforme en saint lieu

L'AMOUR MATERNEL.

Elle incline à cette couche
Un visage radieux,
Et les mots mélodieux
Sortent charmants de sa bouche

Victor Hugo

Dors! j'avais prolongé l'heure de la veillée,

Dors! j'irai t'embrasser au moment du réveil,

Que les esprits riants, qui peuplent la vallée

Te visitent dans ton sommeil

Dans ce petit lit blanc quand mon Anna repose,

Trompée au point de voir un ange sommeiller,

Je baise avec respect sa tête blanche et rose,

  Moulée au fond de l'oreiller

Mais, Anna, souffres-tu ? ta tête se soulève,

Les larmes de ta mère ont sauvé ton berceau,

Tu souris, grâce au ciel, tu fais sans doute un rêve

  Plus beau qu'une plume d'oiseau

Et plus doux que le lait du cocotier, dont l'ombre

Protégea ton sommeil contre les feux du jour,

Hélas ! tu connaîtras trop tôt les maux sans nombre

  Que Dieu réserve à ton amour

Rêve encor, rêve, enfant, à des villes de sucre,

A des champs de biscuit, à des montagnes d'or !

Bel âge de la vie ou tout est gain et lucre,

  Ou tout chiffon est un trésor !

Ma fille grandit vite, et sa mère apprécie

Les talents éminents qu'elle a reçus d'en haut.

Soyez artiste, Anna ! qu'on donne à mon messie

　　Mes crayons et mon piano

La palette à la main, comme elle sera belle !

Ce talent merveilleux déjà me fait honneur.

Les artistes jaloux me diront un jour d'elle

　　C'est une autre Rosa Bonheur

Lorsque l'insecte las repose sous la feuille,

Que le couvre-feu tinte à la tour du Kremlin,

Au fond de son boudoir mon Anna se recueille

　　Et va prier pour l'orphelin,

Nelly mourut hier du croup qui l'a tuee,

Le croup, ogre friand des beaux anges laiteux,

Qui les couve de l'œil d'une prostituée

　　Et vient se mêler à leurs jeux !

Pauvre Nelly! Combien je plains sa destinée!

Si ma fille pourtant avait le même sort?

Réveillons-la, sa tête immobile, inclinée,

    Est une image de la mort

L'ENFANT DE CHOEUR.

Οὗτος ἤλπισεν ἐπικαλεῖσθαι
τὸ ὄνομα τοῦ Κυριὸυ τοῦ θεοῦ.

Faible et chétif, il vient au monde,
Sans protecteur et sans soutien ;
Des trésors dont ce globe abonde,
Des yeux bleus, une tête blonde
Sont le lot du jeune chrétien

Souvent à la table commune
La pauvreté venait s'asseoir,
En vain, pour chasser l'importune,
La mère escomptait la fortune
D'un salaire épuisé le son

Mais, dans sa bonté paternelle,
Dieu lui gardait des jours meilleurs.
Ainsi que Joas, son modèle,
Il l'a placé sous sa tutelle,
Il a daigné tarir ses pleurs

Le dimanche, au saint sacrifice,
Couvert de ses habits de lin,
Lorsque s'élève le calice,
Il dit à Dieu d'être propice
Et de sourire à l'orphelin

Mélant ses chants à ceux des anges,

Devant l'autel à deux genoux,

Il vient célébrer les louanges

De l'agneau qui vêtit nos langes,

Du Christ qui s'immola pour nous

Au banquet ou Dieu le convie,

Quelquefois il présente encor

L'encens, le vin, le pain de vie,

Et son sort excite l'envie

De l'enfant riche au béret d'or

Sur le seuil de l'adolescence,

Il reste fidèle à sa loi,

Etranger à toute licence,

Il veille sur son innocence

Et vit d'espérance et de foi

LA CHUTE.

Sanctissimum est meminisse

Ex PUBLII SYRI *sententiis*

Connaissez-vous au Louvre une toile espagnole,
Le fier Thomas d'Aquin de maître Zurbaran ?
C'est bien là le portrait de l'*Ange de l'ecole,*
Visage lumineux ton chaud et pénétrant

L'ascète est entouré des princes de l'église,
Charnus, vermeils et l'œil en ébullition
D'un côté, la synthèse et la docte analyse,
De l'autre, le travail de la digestion

Est-ce folle critique ? Est-ce étude fidèle ?
Ce tableau me rappelle un cruel souvenir.
Au sein de ses rivaux tel était mon modèle
Sur les bancs du lycée ou je l'ai vu venir

Nous etions à ses yeux la vile multitude,
Le troupeau ruminant, le bataillon épais ;
Même au milieu des jeux il gardait l'attitude
De l'homme supérieur qui s impose aux niais

Son savoir étendu, son caractère amène
Lui promettaient, un jour, au service papal,
Le pallium d'abord, puis la pourpre romaine,
L honneur, cet accessoire, après le principal

Le pouvoir temporel devint pour lui l'embûche.
Mur derrière lequel guettait l'ultramontain
Sa thèse fit scandale et souleva la ruche,
Un *tolle* général perdit le puritain

Comme il voulut toucher à la barque de Pierre,
Sa main mal assurée a rencontré l'écueil
Le logique clergé dut lui jeter la pierre,
Il avait du génie, il n'eut que de l'orgueil

Le grelot attaché, le plus nul de la troupe
Donna son coup de pied à ce lion blessé
Il ne paraissait pas devant le front d'un groupe,
Sans recueillir l'outrage à son nom adressé

Lentement, goutte à goutte, il but l'ignominie,
Accepta sans faiblir sa disgrâce à ce point
Qu'il resta calme et froid devant la calomnie,
N'osant plus discuter. ne récriminant point

Il descendit ainsi de son char de victoire,

Oubliant Fénélon, rejetant Bossuet,

Et tel qu'un criminel qu'on traduit au prétoire,

Il sortit de nos rangs interdit et muet.

Le prestige détruit et frappé d anathême,

Du sénat de l'église ange à jamais exclu,

Il eut de l'avenir à rebâtir le thème,

Mais, le milieu changé, l'effort fut superflu

Voici comment le Maître (ô vérité trop vraie)

Qui n'a dans ses greniers que le plus pur froment,

Sépare tôt ou tard le bon grain de l'ivraie

Et du cep de sa vigne émonde le sarment

Ce Maître cependant, que l'apôtre commente,

Sur le sable a tracé le sublime pardon ,

Il n'a jamais éteint la mèche encor fumante,

Avant de la maudire il pleure sur Sidon

Mais sous le doigt de Dieu qu'est l'homme ? Un peu de cendre

Toute gloire est frivole et tout honneur est vain ;

Fuyons loin de l'arène ou nous allons descendre,

Et ne ravivons pas un reste de levain

ELEGIE

SUR LA MORT D'UN CONDISCIPLE

> In tenebris stravi lectulum meum
> Putredini dixi pater meus es , mater
> mea et soror mea, vermibus Ubi est
> ergo nunc præstolatio mea ?

D'un même âge Son âme était sœur de la mienne,

Mêmes frémissements et surtout même antienne

Contre les professeurs et le professorat ;

L'un disait ses ennuis, l'autre comptait sa peine,

L'un avait de l'entrain, l'autre avait de la veine,

Et tous de respecter notre duumvirat

Que de romans mort-nés dès le premier chapitre,

Que de fruits défendus au fond du noir pupitre,

Précieux aliment de nos instincts fiévreux :

Voltaire le maudit, Balzac le portraitiste,

Lamennais le penseur, Alphonse Kair l'artiste,

Heine, Standhal et Paul Louis Courrier, ces preux !

L'étude allait ainsi, quand notre jeune armée

Soudain perdait, un jour, sa joie accoutumée,

Charles, l'ami commun, était frappé de mort.

A l heure ou dans les jeux le collége s'éveille,

Cette étrange nouvelle a frappé notre oreille

Et glacé des plus vifs la fougue et le transport.

Sa mort était connue avant sa maladie :

Le mal, dès son début, dévorant incendie,

Avait chassé l'espoir d une famille en deuil

Ah ! pourquoi n'ai-je pu, jetant là ma palette,

Faire à mon trépassé la dernière toilette,

Pieusement l'étendre au moins dans son cercueil ?

16.

Mourir à dix-neuf ans, au moment où la vie
Paraît si gracieuse à notre âme ravie,
Où le sentier est large et parsemé de fleurs !
Où l'étude est un jeu, le travail une fête,
Ou bouillonne le cœur, où fermente la tête,
Où l'avenir revêt ses plus belles couleurs !

Tous nos jours sont comptés, ô sagesse éternelle !
Ceux que nous dispensa ta bonté paternelle
S'écoulent comme l'eau dans le creux de la main.
Le sablier finit quand le banquet commence ;
Même avant d'être assis il faut quitter la mense,
C'est son tour aujourd'hui, c'est le nôtre demain

La mort n'a le respect ni du rang, ni du titre,
Cimier d'or ou d'airain, turban, barrette ou mitre,
Dans le gouffre béant s'abîment à la fois
Le vieillard et l'enfant, le disciple et le maître,
Le sage et l'étourdi, la victime et le traître
Connaissent ses rigueurs et subissent ses lois

Ainsi sur le chemin des épines sans nombre,

Quelquefois un rayon, mais plus souvent de l'ombre,

Puis le rude labeur sans pitié ni merci.

Dans la création où l'insecte est une âme,

L'homme, ce souverain, n'est qu'un souffle, une flamme,

Qui s'élève et s'éteint dans un âtre noirci

Il était svelte et beau comme un jeune homme mâle.

Et sous les traits si doux de son visage pâle,

Son œil. schoil chatoyant, parfois étincelait.

Le monde des salons lui réservait sa place,

Une place d honneur et digne de sa race,

Dans le cercle brillant ou son nom l'appelait

Sur ce cercueil scellé fais tes rêves, marquise .

La liaison n'était jamais assez exquise,

Tu faisais fi pour lui d'un ami roturier

La noblesse ne peut fréquenter la roture,

D'un esprit supérieur qu'importe la culture,

Si tout cela revêt la peau d un ouvrier ?

Sous cet enseignement notre âme anéantie

Devra bénir encor la main qui nous châtie,

Toi qui pleures ton fils, moi qui pleure un ami.

Oh ! ma douleur n'est rien, comparée à la tienne,

Dame de qualité, mère avant tout chrétienne,

Sous cette lourde croix courbe ton front blêmi

Précieux talisman, je conserve une lettre,

Où son cœur généreux se plaît à me promettre

Un avenir brillant que rêvait l'amitié

Avenir, mot magique, aussi cieux que sonore,

Gloire, célébrité, feu follet qui dévoie,

Le sage n'a pour vous qu'un regard de pitie.

Il est au champ des morts, il est une chapelle

Ou le devoir m'attend, ou l'amitié m'appelle,

C'est là que Charles dort son éternel sommeil,

C'est là que l'espérance un instant m'est rendue,

C'est là que je crois voir l'âme pour moi perdue

Glisse à mes côtés et plane sur mon ciel

CARO FŒNUM.

Luenga es su noche, y cerrados
estan sus ojos pesados

« La grappe mûre est jetée au pressoir,
» Coupez l'épi doré, faucille agile,
» L'homme de Job est un vase d'argile,
» La voie est rude, heureux qui peut s'asseoir !

» Déjà la mort a tissé mon suaire,

» Déjà je tombe en ce vaste ossuaire,

» Ou les nouveaux se comptent chaque soir,

» Ou l'on verra peut-être, un jour d'automne,

» Mes sœurs venir déposer leur couronne   »

Ainsi disait l'enfant et son regard

Interrogeait notre pensée intime,

Mais nous taisions un effroi légitime,

N'espérant rien des vains secours de l art

A dix-huit ans son heure était venue!

Un chœur divin, descendu de la nue,

Vint, ô douleur, préluder au départ

« Du Seigneur dieu publiez les louanges,

» Petits enfants qui devenez ses anges   »

Prêt à l appel de son ange gardien,

Sans une larme il a bu le calice,

Donnant à Dieu ses jours en sacrifice,

Modeste et doux comme un premier chrétien

Qu'il était beau sur son lit d agonie !

Tel le sommeil de quelque bon genie,

Tel un tableau rêvé du Titien

Sur son tombeau, que de mes pleurs j'arrose,

Venez, semons la pervenche et la rose.

C'était pour nous un frère, mieux encor .

C'était la vie et l'âme de sa mère,

C'était la joie et l'orgueil de son père,

De ses deux sœurs c'était tout le trésor

Le ciel jaloux a renversé l'idole ,

Pour tout adieu, sainte et suprême obole,

L'ange a souri, puis a pris son essor.

Nous, délaissés, nous pleurons un fantôme,

Christ a reçu l'elu dans son royaume

Contraste etrange, à la fois triste et doux .

Un vide immense au foyer domestique,

Un trône d or près de l agneau mystique,

Triomphe au ciel, desespoir parmi nous !

Que l'esquif sombre ou poursuive un mirage,

Que Dieu façonne ou brise son ouvrage,

Courbons la tête, adorons, à genoux.

A ton enfant, ô mère désolée,

Dresse un autel et non un mausolée

L'AGONIE.

> Liliata rutilantium te confessorum
> turma circumdet, ignores omne quod
> horret in tenebris, quod stridet in
> flammis, quod cruciat in tormentis

L'heure sonne, partez! au nom de Dieu le père,

Au nom du fils mourant sur une croix pour nous,

Au nom de l'Esprit saint qui descendit en vous,

Partez, belle âme de mon frère !

17

Vous avez travaillé comme un bon serviteur,

Qui s'isole en fuyant les vains plaisirs du monde

Où l'amour et la foi règnent la grâce abonde,

  Entrez dans la paix du Seigneur !

Des trésors d'ici-bas vous n'étiez pas avide,

Vous donniez volontiers ce que Dieu vous donnait,

Et dans vos charités, où la foi dominait,

  Le cœur était votre seul guide.

Vous saviez assister l'orphelin et l'aieul,

Discret, des indigents vous tarissiez les larmes ;

Car l'aumône cachée avait pour vous des charmes

  Que l'homme de bien connaît seul.

Témoins de vos bienfaits, petits et grands s'unissent

Pour adresser au ciel le plus cher de leurs vœux.

Oui, votre nom sera béni de nos neveux,

  Comme nos enfants le bénissent.

Le ministre d'un dieu de pardon et d'amour
Verse à votre chevet sa plus douce parole ;
Savourez-la, mon frère, et qu'elle vous console,
　　　Et vous ranime tour à tour.

Que l'ange de la mort descende et vous salue,
Qu'il vienne, en souriant, fermer vos yeux ravis,
Et conduire au Très-Haut, dans les sacrés parvis,
　　　Votre âme entre dix mille élue.

Nous tenons tout de toi, Dieu qui sondes les reins :
Lorsque ton cœur repousse une âme froide et fausse,
Ton bras puissant s'étend sur Daniel dans la fosse,
　　　Manifestant ainsi tes saints.

Que sommes-nous pourtant ? Un vain nom, un atôme,
Et voici que ton œil veille avec soin sur nous ;
Tu ne t'es incarné que pour nous sauver tous,
　　　Tu délivras Loth de Sodôme

La vie est un combat qui commence au berceau,
Un martyre sanglant, un éternel supplice,
Tout lutteur est vaincu quand il sort de la lice,
  L'orage a brisé l'arbrisseau

Quand ta voix nous appelle, incorruptible juge,
Nous voulons d'abord fuir et nous cacher de toi .
Mais ta bonté bientôt dissipe notre effroi,
  Tu sauvas Noé du déluge.

Délivre-le, Seigneur, des horreurs de la mort,
N'as-tu pas délivré ton serviteur Élie ?
Qu'il parte ce mourant, son œuvre est accomplie,
  Ses yeux se ferment sans effort.

Au nom du Dieu vivant, partez, âme chrétienne,
Au nom de Jésus mort sur une croix pour nous,
Au nom de l'Esprit saint qui descendit en vous
  Et que sa grâce vous soutienne !

NOCTURNE.

Γῆ εἶ, καί εἰς τὴν γῆν ἀπελευσῃ.

Couviez ce corps glacé de l'humide suaire,
Par les gens du convoi vous êtes attendu,
Hier le fossoyeur creusa dans l'ossuaire
La place ou ce cercueil doit être descendu.

17

Cette nuit, chaque nuit, un rayon, une flamme,

S'élève et tourbillonne au milieu des tombeaux :

Que le Christ mort pour nous reçoive en paix son âme,

Du feu toute la nuit, du sel et des flambeaux.

Mon frère, ignorais-tu qu'au chant de nos matines,

Couverts de blancs manteaux, on vit les trépassés

Traverser, l'air souffrant, la lande des épines ?

Demain te verrons-nous grossir leurs rangs pressés ?

Si jamais tu chaussas le pélerin docile,

Si tu lavas ses pieds meurtris et déchirés,

Ce pénible trajet sera pour toi facile,

Un ange, en les baisant, oindra tes pieds sacrés.

Mais si tu l'as laissé s'éloigner sans chaussures,

Ni sans mettre en sa main le pain blanc du besoin,

Les épines feront de cruelles blessures

A ce corps délicat dont tu pris tant de soin

La lande des ajoncs et des ronces passée,

Avance, avance encor, sans repos et sans fin ;

Après une nuit longue, une âpre traversée,

Au pont de la Terreur tu parviendras enfin.

Or, à l'extrémité de ce pont redoutable,

Un abîme sans fond sous tes pas s'ouvrira,

De bitume et de soufre océan véritable

Où l'âme des damnés à jamais brûlera

Alors refusas-tu le verre d'eau limpide

Au travailleur laissé sur l'aride chantier ?

Tu seras consumé, pour ce calcul stupide,

Dans un étang de feux pendant un siècle entier.

« Il était, » dit saint Luc, « un riche et vieil avare,

» Cousu d'or et passant de l'orgie au festin.

» Un pauvre sous les murs de son palais, Lazare

» Attendait les reliefs qu'on jetait le matin.

» On l'eût rassasié des miettes de la table,

» Mais à les lui donner personne ne songeait.

» Plus sensibles, les chiens léchaient ce misérable

» Sur l'ulcère cruel qui déjà le rongeait.

» Le mendiant mourut et, porté par les anges,

» Il vint se reposer sur le sein d'Abraham ;

» Le riche à son tour meurt et les noirs phalanges

» L'entraînent sans pitié dans l'abîme du dam. »

Sais-tu bien à quel prix, frère, ce vieil avare

Tempèrerait le feu qui le brûle aujourd'hui ?

Depuis mille ans et plus il appelle Lazare,

Mais qu'est-il de commun entre Lazare et lui ?

Entre ce riche et toi ? car j'ai suivi ta vie,

Pas un de ses beaux traits ne reste méconnu

Aimé de tous, jamais la pâle et sombre envie

N'osa ternir ton nom des pauvres si connu

Oui j'ai suivi ta vie, elle fut douce et pure,
Et chacun de tes jours fut marqué d'un bienfait
Que Jésus-Christ Sauveur te rende avec usure
Tout le bien, noble ami, que ton bon cœur a fait.

Le pauvre, en t'implorant, reconnaissait un frère,
A ton sincère accueil, à ton large secours ;
L'orphelin dans tes bras voyait revivre un père,
Aussi pour ton convoi quel immense concours !

Telle est de la vertu la magique puissance,
Ta mort a dans nos rangs attristés mis le deuil,
Pour payer une dette à la reconnaissance,
Chacun veut déposer sa fleur sur ton cercueil

Vénéré soit le nom, sainte soit la mémoire
Du bon hospitalier, de l'humble viateur !
Le plus obscur mérite est un titre de gloire
Au tribunal si doux d'un juge rédempteur.

O mystère ! ô bonheur ! je ne vois point de flamme
S'élever cette nuit au milieu des tombeaux.
Oui, le Christ mort pour nous a reçu sa belle âme,
Plus de feu, plus de sel, éteignez ces flambeaux.

De cet élu de Dieu déchirez le suaire,
Qu'on l'expose aux regards du méchant confondu,
Qu'on élève au pavois, qu'on place au sanctuaire
La dépouille d'un saint pour la terre perdu.

LIT DE MORT.

Σῶμα γαρ ἐκ γαίης ἔχομεν καί πάντες
ἐς αὐτην λυόμενοι κόνις ἐσμέν.

Phocylide, carmen admonitorium.

J'emporte de la vie un regret, une larme ;
Eut-elle donc pour moi de l'attrait, quelque charme ?
Ses plaisirs les plus vifs m'étaient fastidieux.
Mais tout homme frémit à l'aspect de la tombe,
Et l'esprit fort lui-même, épouvanté, succombe
En lisant son arrêt écrit dans tous les yeux

J'offre à Dieu de mes jours le faible sacrifice,

Je veux jusqu'à la lie épuiser le calice

Que me présente l'ange assis à mon chevet.

Que ce corps abattu redevienne poussière ;

Mon âme va briser l'enveloppe grossière

Dont le potier divin, en naissant, nous revêt

Soumis et faisant taire une raison rebelle,

Je me rends à la voix du maître qui m'appelle ;

J'ai descendu le fleuve, et, perdu dans son cours,

Je vais où sont allés nos amis et nos pères,

Dans un monde inconnu je vous précède, frères,

Moi qui ne touchais pas au midi de mes jours !

Peu m'importe d ailleurs où doit être creusée

La fosse où descendra ma dépouille glacée ,

Pas un ami ne veut la visiter, hélas !

Qu'importe au passereau le nid qu'il abandonne,

J'ai le sort, en mourant, de la feuille d'automne,

Chacun d'un air distrait la foule sous ses pas

Adieu douces erreurs qui me berciez sans cesse,

Monde d'illusions où passa ma jeunesse,

A tout ce que j'aimai sur cette terre, adieu !

Le bonheur d'ici-bas est folie et mensonge,

Mes jours courts et mauvais ont passé comme un songe

Et plein d'effroi je tombe entre les mains de Dieu.

CONVALESCENCE.

Quid faciam tibi, o custos hominum ?

Cinq lustres de souffrance avaient blanchi ma tête ;

Roseau brisé, jouet de la folle tempête,

Je ne désirais plus qu'un port tranquille et sûr

Le mal un jour s'accrut et je pliai ma tente,

Aux volontés du ciel résigné, dans l attente

D'un monde plus parfait et d'un travail moins dur.

Or mes yeux affaiblis ont revu la lumière,

Mon âme a recouvré sa puissance première,

Le Christ m'a ramené des portes du tombeau.

J'etais mort et je vis ; Seigneur, je te rends grâce,

Mais peu jaloux de plaire à ce monde qui passe,

Je marche à la lueur de ton divin flambeau.

N'ai-je pas de la foi ceint l'auguste auréole,

Reçu les bons conseils du prêtre qui console

Et prépare un malade à prier, à souffrir ?

Je connais ta vertu, tu connais ma faiblesse,

Me voici devant toi comme un enfant en laisse,

Peu soucieux du jour où je devrai mourir.

L'airain pleure, se plaint et les cyprès gémissent,

Les ifs du champ des morts s'inclinent et frémissent,

C'est un hôte qui touche au lieu de son repos.

Le trépas met un terme aux misères humaines,

Qu'il soit le bienvenu dans ses nouveaux domaines,

Et près de lui gardez une place à mes os

L'heure viendra pour moi de poser ma sandale,

D'allumer à mes pieds la lampe sépulcrale

Et de dire à la vie un éternel adieu

N'entonnez pas encor le chant des funérailles,

Du terrible filet j'ai su rompre les mailles,

Tout prêt à me lever au réappel de Dieu.

LE BÛCHER.

Usquequô non parcis mihi, nec dimittis
me ut glutiam salivam meam ?
    Contrà folium ostendis potentiam et sti-
pulam siccam persequeris

Pour voir liée au carcan une femme,

Sous les ormels quel étrange concours !

Il faut mourir et d'une mort infâme !

Apportez-moi mon corset de velours,

18

De velours noir pour plaire aux juges mages,

Un pourpoint vert aujourd'hui me sied mal

Que d'écuyers, de varlets et de pages

Pour escorter monsieur le sénéchal !

Quel bruit horrible et quel affreux cortége !

Tous les crieurs annoncent mon trépas.

Que mon patron m'assiste et me protège,

Sur un bûcher Isarde monte, hélas !

Il faut du sang à ce peuple féroce,

Le lion ivre a brisé son barreau ;

L'heure est venue, on me lie, on m'adosse,

Je vais mourir de la main du bourreau.

Ciel ! le carcan est couvert de ramée,

L'exécuteur vient y mettre le feu ,

Un tourbillon de flamme et de fumée

Va me brûler comme une paille, ô Dieu !

Quand j'assistais à quelque passe d'armes,
Mille vivat partaient d'un peuple fou ;
Dans ma candeur j'étais touchée aux larmes,
Si devant moi fléchissait un genou

Mais mon époux avait le plus de grâce,
Sa lourde épée était de dur acier ;
Sous le carquois toujours plein pour la chasse,
Il était beau comme un jeune palmier.

Si de son casque il levait la visière,
S'il modérait son alezan cambré,
S'il se penchait parfois sur sa crinière,
Je tressaillais sur mon siège doré

Quel mal, quel crime une humble femme aimante
A-t-elle pu, pour subir pareil soit ?
Voyez monter cette mer écumante
D hommes cruels qui demandent ma mort

De Malvoisin on m'a dit homicide,

De quelle dague ai-je percé son flanc ?

On veut encor que sur mon front humide

Il soit resté quelques gouttes de sang

Qu'un Dieu clément, maître et seigneur, vous garde

Un siècle entier, un siècle révolu

Maudirez-vous l'infortunée Isarde

Dont le seul tort est de vous avoir plu ?

Ah ! que ne suis-je esclave ou bachelette,

De ma retraite estimant le trésor,

Filant la laine, imitant Yolette,

Qui tint de moi quarante florins d'or

Ce fut la dot de cette pauvre fille,

Romain l'aimait, ma bonté les unit

Je les couvris tous deux de ma mantille,

Quand le pasteur du château les bénit

Bonne Yolette, elle m'avait conduite

Chez la sorcière ou le hibou s'abat.

Oui, je mourrai, comme l'a prédit Guite,

« Sous les ormels ou le peuple s'ebat »

Mais quel falot vient éclairer mon bouge ?

Mon cher époux, est-ce vous que je vois ?

Oh Dieu ! c'est lui, c'est l'homme au pourpoint rouge,

Tombez mes pleurs une dernière fois

Apportez-moi ma funèbre parure

Le crucifix et le chaperon noir,

Un rameau vert me tient lieu de fourrure,

Le pilori remplace le manoir

LE PRESBYTERE.

A MON FRERE CHARLES.

Nemo secure apparet nisi qui libenter latet
Nemo secure loquitur nisi qui libenter tacet
Nemo secure præest nisi qui libenter subest

Imitation.

Étourdi du tumulte et du fracas des villes,
J'ai souvent regretté les jours purs et tranquilles,
Que nous passions ensemble en des temps loin de nous;
J'en garde dans le cœur un souvenir bien doux

Vivez vivez en paix dans votre presbytère,

Noble poste d'un prêtre, humble séjour d'un frère

Laissez paître sans bruit votre petit troupeau,

Heureux, trois fois heureux curé de Saint-Fargeau !

Vous n'avez nul souci des trésors de ce monde

Dieu qui bénit les siens, dans sa bonté profonde,

A prévu vos besoins et devancé vos vœux ;

Vous dédaignez du sort le caprice et les jeux

Dégagé de tout soin dans votre solitude,

Vous vous livrez sans cesse aux charmes de l'étude.

Laissez paître sans bruit votre petit troupeau,

Heureux, trois fois heureux curé de Saint-Fargeau !

Des livres, des crayons, des albums et peut-être

Quelques essais tombés de la plume du maître,

Telle est votre richesse et votre seul trésor,

Plus précieux pour vous que des montagnes d'or

Vos brebis, bon pasteur, aiment votre houlette,

N'êtes-vous pas du lieu l'oracle et l'interprète ?

Laissez paître sans bruit votre petit troupeau,
Heureux, trois fois heureux curé de Saint-Fargeau !

Le peuple aimé de Dieu réservait ses prémices
Pour aller en couvrir l'autel des sacrifices,
Et le grand-prêtre ému bénissait dans son cœur
Celui qui fait germer et le fruit et la fleur.
Encore de nos jours, le peuple saint en foule
Charge l'autel du dieu de qui tout don découle
Laissez paître sans bruit votre petit troupeau,
Heureux, trois fois heureux curé de Saint-Fargeau !

Par le prochain courrier donnez-moi, je vous prie,
Des nouvelles de *Fur*, cet ami de Marie
Frère, est-il vigoureux l'arbre que j'ai planté ?
Vous a-t-il garanti des chaleurs de l'été ?
La vigne du berceau donne-t-elle de l'ombre ?
Gardez-vous d'émonder ses longs rameaux sans nombre
Laissez paître sans bruit votre petit troupeau,
Heureux, trois fois heureux curé de Saint-Fargeau !

SONNET

A L'ÉCONOME DE JUILLY,

Qui m'avait envoyé le *Manuel du College*,
édité par lui

J'ai lu mon nom écrit de ta main, c'est pour moi

L'eucologe chrétien qui nous rend Dieu propice,

L'écu spirituel dans la sainte milice,

L'ange consolateur qui ranime ma foi

Merci, prêtre béni de la nouvelle loi !

A cette heure ou le ciel descend sur ton calice

Où ta voix accomplit l'auguste sacrifice,

Je veux, à deux genoux je veux prier pour toi

Ton livre, c'est un don si pur, si magnifique !

C'est l'aumône de Dieu, c est le denier pudique

C'est la parole sainte écrite en lettres d or

Sobre et doux écrivain, c'est ta plus belle page

Quand j'aurai pris congé de ton aréopage,

Sous mon bras fatigué tu le verras encor

LA ROYALE CAPTIVE.

Manus tuæ fecerunt me et plasmaverunt me totum in circuitu et sic repente præcipitas me?

Un humide cachot m est échu pour demeure,
Une couronne d'or cependant ceint mon front,
Dans un tel abandon faudra-t-il que je meure?
Où sont mes Transylvains pour laver cet affront ?

Pour venger mon honneur, pour me faire l'aumône
De leurs bras redoutés, de leur sang précieux ?
Noble pays d'Espagne, ou m'attendait un trône,
Vous étiez autrefois un sol aimé des cieux.

On me vantait l'éclat parfumé de vos roses,
Vos jardins d'orangers et vos myrthes fleuris ;
Mes pas étaient semés de fleurs à peine écloses,
Et vous me destiniez un cachot pour lambris.

Ciel sombre et nébuleux de ma Transylvanie,
Combien je vous préfère à ce ciel azuré,
Où je subis l'horreur d'une lente agonie,
Sous l'orgueilleuse loi d'un tyran abhorré.

Livrée à sa merci, me voici sans défense,
Trop fière pour prier, trop faible pour souffrir,
Vierges qui partagiez les jeux de mon enfance,
Votre amie est semblable au lis qui va mourir

La pauvre femme assise au seuil de sa chaumière,

Tournant à petit bruit le fuseau, son seul bien,

Goûte au moins du soleil la tépide lumière,

Son sort digne d'envie est plus beau que le mien.

Plus de joyaux pour moi, le deuil est ma parure,

Un simple ornement noir sied mieux à mon orgueil,

Gardez votre clinquant où perce la dorure,

Je n'attends plus de vous que le plomb d'un cercueil

Le jour où Ferdinand me prenait pour épouse :

« Noel! Noel! » hurlait le peuple transporté

Espagnols, la fortune était-elle jalouse?

Ou dois-je rire encor de ma simplicité?

Ne me disiez-vous pas   « Tu seras adorée,

» Nous jurons à tes pieds, reine, de t'obéir,

» Nous gardons contre tous ta personne sacrée,

» Malheur à l'insensé qui voudrait te trahir !

Ferdinand a saisi le glaive de Pélage,

Le sang de mes sujets a jailli jusqu'à nous,

Il voulait protéger ma faiblesse et mon âge,

Mais de lâches soldats ont trahi mon epoux

Le pays révolte veut des rois pour esclaves,

Fiers enfants de la Saxe, ayez pitié de moi !

Un peuple de héros n'enfante que des braves,

Délivrez de ses fers la sœur de votre roi

Sachez quel est le sang qui coule dans vos veines,

Rois, princes, alliés à mon royal époux,

Mes cris sont étouffés, et mes plaintes sont vaines,

J'en appelle à l'honneur, vengez-moi, vengez-vous

Petit-fils des Césars, votre tante Antoinette

Eut un jour pour royal carrosse un tombereau,

L'échafaud l'attendait pour rejeter sa tête

Dans le panier rougi, lavé par le bourreau

Au matin de la vie, à peine à mon aurore,
J'ai vu le ciel couvert au souffle des autans
Je ne veux pas mourir, je suis trop jeune encore
Je n'ai pas dix-huit fois vu les fleurs du printemps

Aimez-vous, Espagnols, aimez-vous de l'épée,
Elisabeth vous tend ses bras chargés de fers,
Son espérance en vous serait-elle trompée ?
Qu'un exploit éclatant rachète vos revers !

Mes loyaux serviteurs, saurez-vous me soustraire
Aux horreurs d'un cachot plus affreux que la mort ?
Eh bien ! si le destin doit vous être contraire,
Je désire, j'entends partager votre sort

La mort au champ d'honneur, c'est l'aube de la vie,
Le ciel sans horizon l'immuable beauté,
C'est le matin du jour ou notre âme ravie
Doit voir et posséder Dieu dans l'éternité !

ELEGIE

SUR LA MORT D'UN ENFANT

> Nonne sicut lac mulsisti me,
> et sicut caseum me coagulasti?

Femme ton âme est-elle prête
A prier, pleurer et bénir ?
Oh ! que je sois mauvais prophète,
Mais je crois que le ciel t'apprête
Quelque coup rude à soutenir

J'ai lu dans les yeux de ton ange

J'ai lu je ne sais quoi d'étrange,

Qui me fait bien mal augurer ;

Il a deviné ma pensée,

Car sa paupière s'est baissée,

Aussitôt je l'ai vu pleurer.

Tous nos soins seront inutiles,

S'il faut enfin te dire tout ;

Et dans leurs recherches subtiles,

Les médecins les plus habiles

Disent que leur art est à bout

Laissez-le, puisque Dieu l'appelle,

O vous qui, par excès de zèle,

En faites un petit martyr ;

Vous l'avez placé sur la claie,

Tout son corps n'est plus qu'une plaie,

De grâce laissez-le partir

O1 1 enfant, que le mal oppresse,

Semble faire un supiême effort

Autour de sa couche on s'empresse,

On se regarde avec tristesse,

Tout est fini, l'enfant est mort

Il est mort ! son âme ingenue

A dejà pénetre la nue,

Qui doit l'unir à l'infini,

Il meurt sans connaître le monde,

Ni sa corruption profonde,

Hosanna ! que Dieu soit béni !

Entonnez un chant de victoire !

Accourez, élus triomphants !

O Dieu ! reçois-le dans ta gloire,

Que ton palais d'ambre et d'ivoire

S'ouvre pour un de tes enfants !

Il a mérité sa couronne,

Je veux qu'on lui dresse un trône

Devant le trône de l'Agneau !

La mort, qui ne connaît pas d'âge,

N'a point altéré son visage,

Voyez plutôt comme il est beau !

Un chérubin à tête rose,

Croyant à l'amour endormi,

Grimpe au lit funèbre et dépose

Un baiser sur la bouche close

Du petit frère et de l'ami

Mais effrayé de ses traits pâles,

Il laisse tomber deux opales

De ses yeux noirs comme un grenat

De même, d'une belle grappe

Que le doigt pressure s'échappe

Le jus précieux du muscat

Soudain les célestes phalanges

Accourent en essaims joyeux,

On entend les concerts des anges

Redire à l'envi les louanges

Des enfants aussi sages qu'eux

Au héros d'une mort si calme

Toute main apporte une palme,

Bouton de rose ou liseron;

D'une magnifique couronne

Tout ange détache et lui donne

Le plus magnifique fleuron

Dans leurs rangs une place est vide,

Qui nous dira quel est l'absent?

Peut-être le gracieux guide

Qui l'élevant sur son égide,

Berçait autrefois l'innocent

Sans doute à quelque pauvre femme

Dont les cris nous déchiraient l'âme

Il parle des splendeurs du ciel ,

Il dit quelles brillantes têtes

On offre à ces petites têtes

Qu'on arrache au sein maternel

.

Faveur autrement précieuse,

A ces honneurs qui met le sceau.

Des mères la plus gracieuse,

Des reines la plus glorieuse,

La Vierge apparaît au berceau

Son regard inquiet s'arrête

Sur l'intéressante conquête

Que vient de faire le trépas ,

Marie, avec un doux sourire,

Contemple ce buste de cire,

Et le soulève dans ses bras

Julia ton fils vit encore !

O joie! ô prodige eclatant !

Sa bouche blême se colore,

Et ses grands yeux noirs à l'aurore

Se sont rouverts au même instant

Mais triste et confus de renaître,

Mais regrettant aussi peut-être

Un monde qu'il a vu plus beau,

Il cache avec beaucoup de grâce

Sa blondine tête qui passe

A travers les plis du rideau

Je te vois sur ce berceau vide,

Notre desespoir maintenant,

Je te vois encor, l'œil livide,

Accourir aussitôt, avide

D etreindre ton cher revenant

Le rideau brusquement se tue,

Ton fils qui sommeillait soupire,

En voyant de nouveau le jour,

Quand l'amour maternel est ivre,

L'enfant, peu désireux de vivre,

Se met à pleurer à son tour

Alors en des flots d'harmonie

S'élèvent les concerts divins,

La voix du plus petit génie,

Pour ce triomphe, s'est unie

Aux cent voix des luths argentins

Jamais musique plus suave

N'avait charmé l'oreille esclave,

Depuis que tous avaient chanté,

Dans l'annonce d'un grand mystère

« Gloire aux cieux et paix à la terre,

» Hommes de bonne volonté! »

Une aile à l'instant se déploie,

C'est un berceau, chef-d'œuvre d'art,

Ou dans le duvet et la soie,

Le petit être, plein de joie,

Sourit au signal du départ.

Mais pour ménager la tendresse

D'une mère encor dans l'ivresse

Qui s'abandonne à son transport,

Un ange la touche de l'aile,

Le silence fait autour d'elle,

Ma Julia prie et s'endort

Julia, tel était mon rêve,

Quand Dieu voulut pour t'éprouver,

Que la mort tranchât sous son glaive

Cette plante pleine de sève

Que tes mains savaient cultiver

Ton Alfred, l'enfant du miracle,

(O sublime et touchant spectacle,

Bien fait pour réjouir tes yeux !)

Soutenu dans les bras d'un frère,

S'élevait triomphant de terre

Et du doigt nous montrait les cieux !

Cet enfant n'était qu'un otage,

Ses jours d'exil sont révolus,

Quand le deuil est notre partage,

Lui va recueillir l'héritage

Que Dieu réserve à ses élus.

Dans les palais et sous le chaume,

Le Christ les prend pour son royaume

Il dit aux mères en émoi

« Ce sont les bénis de mon père,

» Laissez-les, car je suis leur frère,

» Laissez-les venir jusqu'a moi »

Femme, imite de Cornélie

Le sacrifice spontané

Hélas ! en ces jours de folie,

Le ciel d'airain n'a plus d'Elie

Qui ranime ton premier-né

N'es-tu donc plus la femme forte

Qui prend sa croix et qui la porte,

Sans murmurer et sans pâlir ?

Puissé-je, jaloux de ton rôle,

En charger gaîment mon épaulé,

Heureux à mon tour de faiblir !

LA SORCIERE.

Sous chaque buisson un œil brille,
Dans chaque antre une voix rugit

Victor Hugo

Sauvez-vous, etourdis, voici la bohémienne!
Celui qui la luna n'na pas en enfer.
Oser vendre son âme, une femme chrétienne!
Se lier par un pacte étroit à Lucifer!

Sauvez-vous, mes enfants, voici qu'elle regarde
De ses vilains yeux gris qui font si mal à voir
Quand la nuit descendra, desormais prenez garde,
Et ne demandez plus à courir seuls le soir

Vouliez-vous assister à la danse qui glace
Des farfadets moqueurs de l'épaisse forêt ?
Restez alors de grâce, et prenez votre place,
Le galop infernal à l'instant sera prêt

Les arbres animés, d'un coup de sa baguette,
Vont se grouper autour d'elle et sauter en rond,
Malheur, malheur, vous dis-je, à l'enfant qu'elle guette,
Elle fondra sur lui tout à coup, d'un seul bond

Heureux qui n a jamais vu son parchemin jaune,
Sa taille de couleuvre et son regard vitreux !
Avec son dos voûté moins laid est le vieux faune,
Avec son nez trapu le nègre moins affreux

Les hommes, effrayés, grandissent à sa vue,

Les oiseaux font silence et se tiennent blottis,

Et les enfants, qui l'ont seulement entrevue,

Dans ses cruels filets se trouvent investis

On dit, et je le crois, que ces lutins terribles

N'étaient que des enfants, comme vous, étourdis,

Quand la vieille aux cils blancs, dans ses griffes horribles,

Loin d'une bonne en pleurs les emporta jadis.

Que sont-ils devenus? – Où vont ceux qu'elle enchante?

Au donjon d'un manoir, au sommet d'une tour,

Peut-être sur l'abîme ou le chat-huant chante,

Dans la sombre caverne où plane le vautour

Voulez-vous la surprendre au milieu de ses crânes,

Quand du doigt elle pèse une tête de roi,

Ou que de sa voix rauque elle évoque les mânes

De ces pauvres petits qu'elle a tués d'effroi?

Ou bien l'aimez-vous mieux sur un cercueil assise,

Lisant un avenir dans le creux de la main,

Ou redressant l'oreille au bruit sec de la bise,

Ou broyant en silence un ossement humain ?

Sauvez-vous, imprudents, voici qu'elle regarde

De ses vilains yeux gris qui font si mal à voir.

Quand la nuit descendra, désormais prenez garde,

Et ne demandez plus à courir seuls le soir.

LES LUTINS.

E come i gru van cantando lor lai,
Facendo in aer di se lunga riga,
Cosi vid'io venir traendo guai
Ombre portale d alla detta briga

DANTE

Gardez-vous de quitter les genoux de vos mères,

Quand la nuit sur le monde etend son manteau noir,

C'est l'heure, mes enfants, des sphinx et des chimères,

Déjà le couvre-feu vous rappelle au manoir

Silence! entendez-vous voler ces sons funèbres?

Je vais mourir je crois, de ce lugubre glas,

Déjà les farfadets courent dans les ténèbres,

Mais de grâce, où vont-ils? Qui peut le dire, hélas!

Ils vont si vite, amis! Auprès d eux l'hirondelle

A le vol bien pesant: malheur au cavalier

Qui poursuivrait, monté sur sa folle gazelle,

Ces nouveaux preux couverts d'un suaire d'acier

Distinguez-vous leur char de toiles d'araignées

Qui n'inclinerait pas même l'herbe des prés?

Tels les essaims joyeux, aux fraîches matinées,

Des zéphirs caressants sur les epis dorés

Ils se cachent, le jour, ces étranges fantômes,

Dans les plis d'un nuage, ainsi que des voleurs,

Mais le soir on les voit s assembler sur les dômes,

Ou dansei le ballet autour d un saule en pleurs

D'autres vont s'échapper d'une caverne sombre,

Du nid creux des hiboux et des chauves-souris.

Alors, furtivement ils glisseront dans l'ombre,

Sous la forme de sphinx et de belles péris

Ils se disperseront : les uns iront s'ebattre

Sur les créneaux déserts de quelque château fort,

Ou, vainqueurs insolents, sur les donjons s'abattre,

Semant partout l'horreur et trop souvent la mort

La mitre en tête, en main la crosse pastorale,

D'autres vont violer le caveau des prélats,

Grincer aux chapiteaux de notre cathédrale,

Ou chanter au lutrin, sans jamais être las.

Voici voler la ronde, ouvrez les rangs et place !

Laissez passer ces sphinx que l'enfer a vomis

On les a vu couvrir de leurs baisers de glace

Les yeux noirs, les yeux bleus des enfants endormis

21

Pour fasciner l enfant le sphinx badine et joue

Il le couve longtemps de regards impudents,

Il l'étreint dans ses bras, le baise, mais sa joue

A jamais gardera l'empreinte de ses dents

Car le monstre ne sait que dechirer et mordre

Les membres délicats d'un petit corps glacé

L'enfant a beau crier au secours et se tordre,

Dans ses anneaux d'anguille il le tient enlacé

Alors dans cette lutte inégale, effroyable,

Le petit innocent est bientôt étouffé

S il échappe et survit, il devient un vrai diable,

Un lutin. et toujours le sphinx a triomphé.

Là bas, sous ces rochers, s étend une caverne,

D'ou s'échappent confus d affreux gemissements,

C'est là que le captif entraine, pâle et terne,

Doit renaître et mourir dans d horribles tourments

On l'attend au foyer ou son fauteuil est vide,
Plaignez ses bons parents dont il était l'orgueil,
Mais qui, parmi les miens, d'un tel message avide,
Osera follement les plonger dans le deuil ?

Qui de vous, mes amis, pourra bien leur apprendre
Qu'ils ne reverront plus l'ange de la maison,
Qu'il gémit, ô malheur que je ne saurais rendre,
Sur le fumier infect d'une obscure prison !

Que deviendra surtout sa malheureuse mère
Si le roi de son âme est perdu sans espoir ?
Qui pourra tempérer cette douleur amère,
Adoucir ces regrets, tromper ce désespoir ?

Chaque matin, hélas ! de ses deux mains joyeuses
Elle l'enveloppait du tissu le plus fin,
Et jouait à merci dans les boucles soyeuses
Qui baignaient le cou blanc du joli chérubin

Sans l'enfant à son cou que serait une femme ?

Un vase sans parfum, un palais sans trésor,

Un rameau sans feuillage, une vergue sans flamme,

Une paille des champs veuve de son grain d'or

Mères, pressez vos fils de vos chastes étreintes,

Quand la nuit sur le monde étend son manteau noir,

Endormez-les au chant de vos prières saintes

Quand le couvre-feu sonne au beffroi du manoir

LA FOLLE.

Cependant elle pleurait a torrents,
en silence, dans l'ombre, comme une
pluie de nuit

Victor Hugo

Dieu qui lui retira son âme et son idole,
Prit son sort en pitié Clara du moins est folle,
Plus heureuse cent fois que la triste Rachel,
Elle caressera l'erreur qui la console
Et berce encor son amour maternel

21

Malheur à qui voudrait, de ses larmes avide,

Arracher de ses mains ce berceau d'osier vide !

Avez-vous fait près d'elle un mouvement fatal ?

Elle tire des sons de son gosier aride

    Plus effrayants que le cri du chacal

Laissez-la s'amuser, cette pauvre recluse,

De ces divers jouets, comme un enfant s'amuse

De ce moulin à vent oublié dans un coin,

De ce cheval de bois ou de cette arquebuse,

    Qu'elle détend et retend avec soin

Mais au plus faible bruit qui trouble sa retraite,

Elle repousse au loin le poupon qu'elle allaite,

Image de carton du fils qu'elle a perdu

Elle écoute, de tout autre souci distraite,

    Le pas léger d'un enfant attendu

Le vent murmure-t-il ? C'est son fils qui soupire,

Un rayon de soleil, c'est son premier sourire,

Le chant de quelque oiseau, c'est sa voix au reveil,

Douces illusions qui sont à son délire

    Ce qu'est au corps un bienfaisant sommeil

Une vague terreur a traversé sa joie,

Un dévoreur d'enfants veut celui qu'elle choie,

Il aiguise dans l'ombre un poignard assassin,

A sa mère il faudra qu'il arrache le foie,

    Pour accomplir un si lâche dessein

Mais pourquoi ces flambeaux et ces tentures blanches ?

Pourquoi tous ces festons de lis et de pervenches ?

Est-ce pour un baptême ? Est-ce pour un convoi ?

Ils cachent un coffret formé de quatre planches

    Le glas des morts tinte, hélas ! au beffroi

Au coin le plus obscur du cabanon blottie
La pauvre folle observe et reste anéantie,
Ses regards inquiets sont fixés sur le seuil,
Elle voit sa cellule en tous sens investie
　　De croque-morts apportant un cercueil

Femmes que le vent pousse à la Salpétrière,
Gardez-vous de passer près de sa meurtrière,
Quand un blond chérubin se pend à votre cou.
Clara vous jetterait, en guise de prière,
　　Un mot amer à rendre quelqu'un fou

DEDICACE.

Accingunt omnes operi, pedibusque rotarum
Subjiciunt lapsus, et stupea vincula collo
Intendunt

VIRGILE

A l'œuvre, vite à l'œuvre, artistes et poètes,

Du génie et des arts fidèles interprètes

Le temple qu'éleva la foi de nos aieux

Sans vous peut-être allait s abimei sous nos yeux

Grâce à votre concours, la vieille basilique

Sera bientôt rendue au rite catholique

On entasse les blocs de marbre et de granit

Que la riche Italie au monde entier fournit

Qui donnera la vie à ces pierres informes ?

L'art les revêtira de ses divines formes

L'Eglise patiente attend de ses enfants

Une œuvre qui n'ait rien à redouter des ans

Architectes sculpteurs, d'une commune entente,

Sachez comme il convient, répondre à cette attente.

Par corporations, d'habiles ouvriers,

A notre seul appel, ont quitté leurs foyers

Artistes généreux, issus d'un même père,

N'allez pas dédaigner le sentiment d'un frère

A cette œuvre sublime apportez, croyez-moi

Un outil plus puissant que le ciseau, la foi !

Autour des murs sacrés mille ouvriers s'agitent,

Par de joyeux refrains tous à l'œuvre s'excitent

Voyez-les redescendre et gravir tour à tour

L'échafaudage etroit ou s'elève la tour

Tel Jacob ebloui vit, du ciel à la terre,

Se dessiner soudain l'échelle du mystère

Parmi ces travailleurs de toute nation,

Nul ralentissement, nulle défection,

Et jamais le démon des discordes publiques

N'alluma son brandon dans leurs rangs pacifiques

C'est qu'ils n'élèvent pas, pour insulter le ciel

Et braver son courroux, une tour de Babel,

Mais une maison sainte, un sanctuaire auguste,

Le rendez-vous commun du pécheur et du juste

Les voici devant nous taillant le marbre brut,

Retraçant l'union de Booz et de Ruth,

L histoire de Joseph, la touchante figure

Du Messie annonce dans la sainte Ecriture,

La sagesse d Esther et son beau devoûment,

Ou, tirant leurs sujets du Nouveau Testament,

Ils montrent le Sauveur ressuscitant Lazaie,

Pardonnant au prodigue, ou maudissant l'avaie,

Les pains multipliés ou l'eau changee en vin

Pouvoir de l'art chrétien, vous êtes tout divin !

Par pur enchantement l'édifice s'élève,

Il y a là miracle ou je fais un beau rêve

Paitout des travailleurs, voyez-les aux chantiers

Animer le carrare et tordre les leviers.

La flèche, aiguille à jour, vrai chef-d'œuvre d'audace,

Libre des échafauds, s'élance dans l'espace.

Triomphe du sculpteur jamais plus éclatant !

Rien pour la soutenir, pas même un arc-boutant.

Mais un souffle divin, passant dans l'etendue,

L'anime, l'enveloppe et la tient suspendue ,

Matière qu'épura l'homme qui fit un vœu,

Cet ouvrier sorti des mains mêmes de Dieu

Des chefs-d'œuvre de l'art tel est tout le mystère

L edifice a repris son sacré caractère,

Enfants de la cité, tombons tous à genoux,

La grâce du Très-Haut va ruisseler sur nous

Combien, morts ou vivants, ont franchi cette enceinte!

Ici, le nouveau-né renaît sous l'onde sainte ;

Là, presque au même autel, une famille en deuil,

Des amis éplorés entourent un cercueil,

Sur lequel il est dit des paroles de vie

Là, de jeunes époux, dont le sort fait envie,

Prennent Dieu pour témoins de leurs chastes amours

Puis, aux jours solennels, quel merveilleux concours?

Aussi, le cœur rempli des divines promesses,

Le peuple, de son bras, les grands, de leurs largesses,

En relevant ce temple ont bravé les autans,

Honneur aux riches! Gloire aux ouvriers titans!

L'EXIL.

Addio, monti sorgenti dall'acque
ad elevati al cielo , torrenti, de'quali
distingue lo scroscio , come il suono
delle voci domestiche

MANZONI, *I Promessi Sposi,* c viii

On distinguait encore eleves en étages,
Le groupe varié des élégants cottages.
D'un œil morne et rêveur, elle suit les halliers
Qui servent de ceinture aux toits hospitaliers

Voilà bien les vieux murs du clos qui la vit naître,

Ce figuier de sa chambre ombrageait la fenêtre.

En des jours plus sereins lui-même il l'a planté,

Ce précieux témoin de leur félicité.

De mille souvenirs le cœur brisé, Louise

De la nacelle alors seule à l'arrière assise,

Lentement amena son coude sur le bord ;

Puis laissant échapper, dans un suprême effort,

Sa douleur qui s'épanche en sa lave brûlante,

La pauvrette disait d'une voix triste et lente

« Vous qui vous élancez au ciel, du sein des eaux,

Adieu, rocs escarpés ! adieu, riants coteaux !

Vous, d'un pénible accès, cimes tant élevées,

Qu'il savait bien gravir, vous resterez gravées

Dans ma faible mémoire aussi profondément

Que le doux souvenir du plus heureux moment,

Vous, dont il écoutait les clameurs fantastiques

Beaucoup mieux que le son de nos voix domestiques,

Torrents impétueux ! vous, vallons blanchissants,

Qui ressemblez de loin à des moutons paissants,

Adieu ! je dois céder à la basse vengeance,

Plier à je ne sais quelle folle exigence.

Celui qui vous délaisse, attiré par l'appas

D'un trésor qu'on recherche et qu'on ne trouve pas,

Est près de défaillir à l heure solennelle,

Où se ferme sur lui la maison paternelle,

Ce simple toit de chaume, orné du pampre vert,

Si frais pendant l été, si chaud pendant l'hiver.

Mais il croit que bientôt chargé de l'or des villes,

Il y viendra couler des jours purs et tranquilles

A mesure qu'il voit nos monts délicieux,

Dans le lointain confus, disparaître à ses yeux,

Il soupire, attristé de la monotonie

De ces nouveaux climats que son culte renie

Comme il pénètre alors, les esprits agités,

Au sein tumultueux des brillantes cités !

Ces orgueilleux palais, ces eternelles rues,

Que peuplent, chaque jour, de nouvelles recrues,

Lui donnent le regret de nos sites charmants

A-t-il devant les yeux un de ces monuments
Qu'admire le touriste à son premier passage ?
Le cœur ému, lui songe au clocher du village

« Mais pour qui ne porta ses désirs et ses vœux
Au-delà du domaine où l'on vivait heureux,
Il est dur de subir d'indignes violences,
D'un odieux vainqueur dernières insolences
Autres fruits de l'exil, combien il est amer
De perdre en un instant ce qu'on a de plus cher
Du foyer paternel les simples habitudes,
La campagne et des bois les vastes solitudes.
Qui sait, lieux enchantés, si je dois vous revoir ?
Le retour est douteux que rien ne fait prévoir.

« Maison natale, en proie aux hasards de la guerre,
Où l'on avait appris à distinguer naguère,
L'esprit entre la crainte et l'espoir suspendu,
Le pas d'un changer vivement attendu ;

22

Et vous, qu en rougissant j ai souvent admiice,

Adieu, retiaite amie, adieu, maison sacice¹

Sous le titre d'épouse, on me disait qu'un jour

Je ferais dans vos murs un paisible séjour,

Edifice chrétien, ou Dieu choisit ses anges,

Ou mon âme, livrée à des douleurs étranges,

A goûté tant de fois d'ineffables douceurs ,

Ou l'espérance aveugle et la foi, ces deux sœurs

Devaient réaliser le seul vœu de Louise,

L'union projetee, et si souvent remise ,

Ou l'amour consacre sur l'autel de mon Dieu

Fût devenu devoir, temple rustique, adieu !

Celui qui vous rendait la source de ma joie,

Maître ici-bas de tout, comme il lui plaît, envoie

Les fraîches nuits après les soleils étouffants

Jamais il ne troubla la paix de ses enfants,

Que pour leur ménager, dans son amour de père,

Un bonheur plus constant, un état plus prospère »

LA MESSE DE MINUIT.

Et hoc vobis signum

S Luc

.

Auprès d un berceau confine
Au fond d'une chaumière obscure,
Un ami console et rassure
Un pauvre enfant abandonné

« Rayon divin, calice d'or,

Le bonheur est chose éphémère.

Je n'entends pas venir ta mère,

Mais je suis là, sommeille encor

» Pour lui créons de nouveaux jeux,

Berçons-le de douces images,

J'aime à voir ce front sans nuages,

A me mirer dans ces yeux bleus

» L'airain resonne   il est minuit,

La foule inonde les portiques,

J'entends l'écho des saints cantiques,

Le Sauveur est né cette nuit

» Des chrétiens la pieuse voix

Exalte la gloire infinie

De l'Enfant qui parle au génie

Et commande au sceptre des rois

» Qu'il prête l'oreille aux accents
De notre humble et faible prière,
Il est le Dieu de la chaumière,
Il aime les cœurs innocents

» Dieu de la crèche souriant,
Qui pour les sauver voulus naître,
Toi que déjà, sans te connaître,
L'enfance nomme en bégayant,

» A défaut des biens d'ici-bas,
De la fortune et du bien-être,
Seigneur, donne à ce petit être
Ce que tant de riches n'ont pas.

» Les dons du cœur et de l'esprit,
L'ascendant de l'intelligence,
Qui consolent de l'indigence
Et rehaussent qui s'amoindrit

» Jette les yeux sur ce berceau,

Vierge qui veille sur l'enfance,

Ne prends-tu pas sous ta défense

L innocent marqué de ton sceau ?

» Dois, cherubin, frêle roseau,

Dors encor, douce creature,

Tout repose dans la nature,

La feuille, l'insecte et l'oiseau.

» Helas ! les beaux jours sont passes,

La neige au loin blanchit la terre,

Ne pleure pas, ton cri m'atterre,

Tes petits langes sont glacés

» Reprends ce calme gracieux

Qui n'appartient qu'au premier âge,

Trop tôt disparaît le mirage,

Trop tôt le front est soucieux

» Vois Jésus dans la nudité,
Il a froid, il souffre en silence,
Il laisse aux grands leur opulence,
Pour honorer ta pauvreté

» Pourtant au cri de ses douleurs,
Pas un frère, ami, ne s'éveille,
Sa pauvre mère seule veille
Et recueille ses premiers pleurs

» Transie au souffle des frimats,
Sa tendre enfance méprisée
Sur un peu de paille glacée
Etend ses membres délicats

» Le plus petit oiseau des champs
Trouve un abri dans la tempête,
Il n'a pas où poser sa tête
Le Dieu que célèbrent mes chants

» Les grands ont des palais pour toits,

L'indigent seul est sans demeure,

Il faut que Jésus naisse et meure

Dans une crèche et sur la croix

» Mais satisfait et recueilli

Le peuple à pas lents se retire,

Le bruit renaît, le bruit expire,

Le saint mystère est accompli

» Réveille-toi, voici le jour.

Reconnais le pas de ta mère,

Moi je remonte au ciel, mon frère,

J'ai veillé jusqu'à son retour »

Il l'embrasse et l'embrasse encor,

Il le bénit, mais l'enfant pleure,

Car vers l'eternelle demeure

L'ange gardien prend son essor

SAINT GEORGES.

AU DIRECTEUR DU COLLEGE DE JUILLY

Muse, fille du Ciel, ange égaré sur terre,
Chantez Georges, chantez le patron d'Angleterre

« Georges, né dans les camps, bercé sur un tambour,
Eut un drapeau pour lange et pour toit une tente,
La femme, aux flancs d'acier, dont il comblait l'attente,
Sa mère cultiva cette plante d'amour

23

L'eau sainte du Jourdain, dans un casque puisée,

Ondoya cette tête au bourreau fiancée ;

La légion thébaine, au milieu des vivat,

Au bruit de ses clairons fêta l'enfant soldat. »

« On grandit vite au camp ! Esclave du devoir,

Cet ami de ses chefs, cet habile vélite,

Dans un poste de choix est un soldat d'élite.

Idole de l'armée et soutien du pouvoir,

A peine est-il couvert de la toge virile,

Il devient tour à tour tribun, préteur, édile.

Des titres ? Vains hochets pour ce guerrier, Seigneur !

Vous seul serez sa gloire et son suprême honneur. »

« Il fut grand par l'épée et plus grand par le cœur !

Souvent il triompha dans les jeux de la guerre ;

Mais comme il dédaignait un triomphe vulgaire,

Les vaincus oubliaient jusqu'au nom du vainqueur.

Pouvoir, ovation, gloire, éclat, renommée,

Vous n'êtes à ses yeux que mensonge et fumée !

A cette ambition que faudrait-il encor ?
Donnez-lui son Calvaire, elle eut son mont Thabor ! »

Muse des Vérités et des Saints Évangiles,
Les assauts du démon resteront-ils stériles ?

« Oh ! qui me changera ces lauriers en cyprès ?
Que ce lourd gantelet tiendrait bien une palme !
Je le vois, ce héros, toujours grand, toujours calme,
Contempler froidement de funèbres apprêts.
Qu'il orne, Dieu le veut, la prochaine hécatombe,
Et dans le jaspe pur je lui creuse une tombe,
Où chacun, sans troubler son sommeil éternel,
Ira s'agenouiller, comme au pied d'un autel. »

« Mon cœur, sois satisfait, ton vœu sera rempli
Il est pour ce soldat plus d'un champ de bataille,
Il en est un surtout qui répond à sa taille,
Que loué soit le Christ et son verbe accompli !
Dieu garde à ce géant les honneurs du martyre,

C'est au ciel, dernier but, que sa grâce l'attire.

Qu'il meure, j'ai tout dit. Qu'il soit décapité,

Qu'il meure pour son culte et pour sa liberté ! »

« Ton palais embrasé rougit l'aube des cieux,

Sors de ta couche ardente, ÉTERNEL déicide,

Qui livra tes lambris à la flamme homicide ?

—Les Chrétiens, nom maudit, les Chrétiens odieux —

Je lis, à la lueur du sanglant incendie,

L'édit fatal connu dans tout Nicomédie.

Voilà pourquoi, mon Dieu ! ton temple est dépouillé,

Ta croix foulée aux pieds et ton autel souillé. »

Encore un chant de deuil, vous touchez à la rive,

Chantez l'hymne des morts, Muse auguste et plaintive.

« Laissez-moi, laissez-moi pleurer seul en ma nuit,

Tombez, larmes de sang. tombez sur ma poitrine,

La maison du Seigneur n'est plus qu'une ruine,

Nos vestales s'en vont, leur pontife s'enfuit

Néron, Domitien, vrais princes des ténèbres,

L'histoire flétrira vos deux noms trop célèbres.

Au sang versé par vous et sur vous rejailli,

L'enfer, votre nouveau royaume, a tressailli »

« Déroule tes cheveux, renverse ton flambeau,

Bois l'onde de tes pleurs, Église primitive,

Le plus beau de tes fils, ô ma belle captive,

Sans plainte et sans orgueil va descendre au tombeau.

Ce vaillant champion déjà soit de la lice,

Tu ne peux d'un instant retarder son supplice

Le bénigne empereur, le doux Dioclétien

Recherche le guerrier et proscrit le chrétien »

« Quel est ce condamne ? — C'est lui, c'est mon héros,

L'avez-vous reconnu sous cette simple saie ?

Il vient, la tête haute, entre une double haie

De licteurs gorgés d'or, qu'on transforme en bourreaux

Fidèles au malheur, quelques compagnons d'armes

Se tiennent à l'écart et refoulent leurs larmes

23

Mais le billot rougit sous le sang du martyr,

Tel l'ivoire se teint sous la pourpre de Tyr. »

Entonnez, entonnez, Muse, un chant de victoire,

Chantez le grand martyr, sa puissance et sa gloire.

« Salut, auguste chef, pour Dieu même abattu,

Sur l ordre impérial et royal d'un sicaire,

Nous t'avons ciselé le plus beau reliquaire,

Siége de la valeur, trône de la vertu !

Ces yeux si beaux hier, ces yeux si purs encore

Se rouvriront un jour à l'éternelle aurore ;

Mais avant, chef sacré, que de fronts couronnés

Devant tes os blanchis se seront inclinés ! »

« Il nous lègue, en mourant, ses brodequins gaulois,

Son modeste sayon et sa courte chlamyde,

Son cilice, sa lance, et son armure vide,

Sa couronne en corail que termine une croix

Que le bras d'un géant ou le doigt d'une fée
A la voûte du temple appende ce trophée
Legs cher et précieux, sois notre labarum,
Dans nos troubles civils qu'on t'apporte au forum ! »

« Quoi ! des tournois brillants ! Quoi ! des joutes sur l'eau ?
Le peuple d'Albion, avide de merveilles,
S'étale sur les quais, haute ruche d'abeilles.
La Bourse, l'atelier sont fermés, tout est beau.
Des plus riches couleurs le rideau se déploie ;
Partout le bruit, la vie et l'éclair de la joie.
Des affûts ! des clairons ! des feux ! quel mouvement !
Londres, soldat martyr, te fête noblement. »

LNVOI.

Manibus date lilia plenis

Si votre essor faiblit, que son nom vous soutienne

Chantez Georges, chantez, douce Muse chrétienne

« College de Juilly, beau dedale, villa,

Séjour hospitalier, habité par des Sages,

Quels sont tous ces enfants qui cherchent vos ombrages ?

Solitude, oasis, quel ange vous peupla ?

— L'ange des bons conseils et des saintes pensees,

Qui verse sur ce sol ses plus douces rosées

Un prêtre, aimé du ciel, aura vu chaque jour

Grossir l'essaim nombreux qu'appelle son amour »

« Et l'essaim animé grossit, grossit encor,

Ils viennent, les voici! des quatre coins du globe

Cachez-vous, petits nains, dans les plis de sa robe,

Voltigez, papillons, sur ce calice d'or

Ne lui mentez jamais! Soyez francs, s'il vous sonde,

Souriez, s'il sourit; mais pleurez s'il vous gronde,

Et puis s'il vous rappelle, accourez triomphants,

Comme le divin Maître, il aime les enfants »

« Vous qui déjà touchez au printemps de vos jours,

Jeunes hommes qu'il forme à sa savante école,

Disciples qu'il nourrit du pain de sa parole,

Recueillez chaque mot de ses moindres discours

Sous sa bannière, amis, rangez-vous avec joie,

Adorez un tel chef suivez-le dans sa voie,

Et, nouveaux chevaliers sans reproche et sans peur,

Vous irez à grands pas au chemin de l'honneur! »

Merci pour la douceur de vos chants, Muse austère,

Remontez vers les cieux ange égaré sur terre

LA PRISE DE VOILE.

Que voulez-vous ? — Vivre en simplesse.
— Et l'état mondain ? — Je le laisse

I

Revêts, ô fiancée, une robe de gaze
Marie à tes cheveux la rose et la topaze,
Étale sous nos yeux tes fleurs et tes bijoux ;
Couvre d'un voile d'or tes epaules de neige,
Les vierges d'Israel vont former ton cortége,
Le Christ, ton bien aimé, le Christ est ton époux.

O reine, pare-toi comme on pare une idole,

Choisis les ornements de ton sexe frivole,

La dentelle, le tulle et les rubans moirés ;

Tous ces colifichets que la femme déploie,

Tout ce luxe éclatant de brocard et de soie,

Le satin le velours et les tissus ombrés.

Le vêtement du Christ n'a pas même de franges !

Ce roi de Bethléem eut à peine des langes ;

Sa couronne est d'épine, et son sceptre un roseau.

Le flambeau de l'hymen s'allume aux catacombes,

La couche nuptiale est au milieu des tombes,

Où la mort en vedette a tendu son réseau.

L'autel où tu priras te tiendra lieu de trône,

Les petits chérubins tresseront ta couronne

De ces fleurs que le Christ cueillit au Golgotha.

La vertu lentement au creuset se retrempe ;

Vierge folle, as-tu mis de l'huile dans ta lampe ?

Ranime s'il s'éteint, ton feu sacré, Vesta

Le cloître, enfant, n'est pas une maison banale

Ou l'on offre un asile à toute âme vénale,

Un lazaret impur, un caravansérail

Non, c'est un sanctuaire, ou ton âme abusée

Doit recevoir d'en haut la divine rosée,

Et goûter un bonheur inconnu du sérail

Aussi plus le bienfait est grand plus il oblige

Le vassal au Seigneur doit rendre hommage lige,

Qui se consacre à Dieu relève de lui seul.

Tes devoirs, ô ma sœur, seront presque sans nombre,

Si ta cellule un jour te paraissait plus sombre ?

Si ton cœur défaillait sous le pli du linceul ?

Sur la croix du Sauveur repose-toi, novice,

On prépare déjà l'autel du sacrifice,

Des tapis ont caché le marbre du parvis,

Une foule empressée envahit la chapelle,

Impatient, chacun des assistants t'appelle

Et te cherche partout avec des yeux ravis

Une dernière fois montre-toi généreuse,
Satisfais cette foule, ô vierge trop heureuse,
Entre elle et toi bientôt tout sera consomme !
Mère éplorée, accours pour voir encor ta fille,
On ne l'aperçoit plus qu'à travers une grille,
Le flambeau de l'autel s'est déjà consumé.

II

Quittez ces fins tissus pour un habit de serge,
Ceignez votre front blanc du voile de la vierge,
Et pour le recevoir mettez-vous à genoux
Cachant à tous les yeux votre beauté céleste,
Soyez à l'avenir réservée et modeste,
L'époux de votre choix est un maître jaloux

Martyre, recevez la couronne d'épines,

Le cilice que Dieu garde à ses héroïnes,

Prêtresse, couvrez-vous d'une robe de deuil,

Pour vous ensevelir on tient prêt un suaire,

On va jeter sur vous ce lourd drap mortuaire,

Qui recouvre nos morts couchés dans leur cercueil

Les saints ont désiré la fin de cette vie,

Ils ont vu dans la mort un sort digne d'envie,

Tant ils craignaient le monde et ses séductions !

Et les premiers chrétiens, ainsi que des colombes,

S'enterraient pêle-mêle au fond des catacombes,

Au souffle impétueux des persécutions.

Ma sœur, levez les yeux vers les saintes montagnes,

Confondez vos soupirs à ceux de vos compagnes,

Priez pendant le jour, priez pendant la nuit

Le Christ jette sur vous un œil de complaisance,

Reconnaissez sa voix, marchez en sa présence,

Le spectre du passé dans l'ombre au loin s'enfuit

Seigneur , à votre nom seul, cette âme tressaille,

Vous ne la foulez pas comme on foule une paille,

Vous sondez ses replis, vous acceptez ses vœux ;

Vous l avez éprouvée et, tarissant ses larmes,

Vous daignez dissiper ses mortelles alarmes,

Car nous avons reçu de timides aveux

Esclave, elle a connu le monde et ses caprices,

Des plaisirs les plus vains elle a fait ses délices,

Sans jamais redouter le céleste courroux.

Enfin elle a rougi de sa longue faiblesse,

Et dans son abandon, ou mieux, dans sa détresse,

Madeleine abattue, elle a crié vers vous :

Vers vous, Seigneur, sa joie et sa beauté première,

Vers vous, source de vie et de douce lumière,

Qui soutenez le faible et renversez le fort ;

Vers vous qui pardonnez à la femme adultère,

Vers vous qui consolez et relevez de terre

Le malheureux assis à l'ombre de la mort.

Sur ce seuil, ô ma sœur, secouez vos sandales,

Oubliez le passé, le siècle et ses scandales,

Il vous reste le cloître où s'abrite la paix

Le repentir sincère est un don de la grâce,

Envoyez vos adieux à ce monde qui passe,

Son éclat est trompeur son commerce mauvais

LE MARTYRE DE SAINT HADRIEN.

A M. LE BARON DE REINACH

Où peut voler ainsi cette foule animée ?
Va-t-elle, à son retour, acclamer une armée,
Partager le butin pris sur les ennemis ?
Etranger dans tes murs, peuple de Césarée,
Célèbres-tu, dis-moi, quelque fête sacrée,

Où je puisse être admis ?

D'un très-haut empereur grossis-tu le cortége?

Allié des Romains, as-tu le privilége

De te faire écraser sottement sous son char?

Va, ton indépendance est un pur esclavage,

Salue avec transport, foulé sur son passage,

      Rome dans un César

Mais voici les contours d un vaste amphithéâtre;

Faut-il du sang humain à ce peuple idolâtre?

Le portique a vomi cent mille spectateurs.

Un doute, un doute affreux de mes esprits s'empare,

O mes pressentiments! un combat se prepare

      Entre gladiateurs

Quel spectacle! voici la vestale ingénue

Qui coudoie aux gradins la courtisane nue

Des chevaliers romains, drapés sous le manteau,

De beaux adolescents, des femmes délicates

Couvertes à dessein de robes écarlates

      Couronnent le tableau

Cependant un athlète a paru dans l'arène,

Mais pâle. chancelant, il se soutient à peine,

Cet étrange lutteur n'est qu'un faible roseau

La foule, à son aspect, pousse un long cri de rage,

Tel, au souffle brûlant qui dessèche la plage,

     S incline l'arbrisseau.

L'huile n'a point coulé sur ces faibles épaules,

Ce cadavre ambulant a passé par les geôles,

Peuple, que feras-tu de ce corps amaigri ?

A-t-il, ce combattant d'une nouvelle sorte,

Le torse vigoureux et la poitrine forte

     D'un athlète aguerri ?

« Son nom ? » hurle la foule. Un prétorien s'incline.

« Au papyrus, » dit-il, « placé sur sa poitrine,

» Je lis, ô peuple-roi, qu'il a nom Hadrien »

Quoi! cet homme est marqué d un sceau de flétrissure,

Tout son corps n'est déjà qu'une large blessure,

     Horreur ! c'est un chrétien !

Il a courbe le front sous l eau qui purifie,

Reçu par l onction l Esprit qui vivifie

Ét rompu sur l'autel le froment de l elu

Au cénacle des Saints amené par ses frères,

Il a vu célebrer les augustes mystères

Dont l'impie est exclu.

Hâtez, hommes de sang, l'instant de son supplice;

Épuisé, demi-mort, il s'assied dans la lice,

Laissant pendre ses mains sur le sable rougi

Aussitôt un lion, qui flaire quelque proie,

Au milieu des eclats d une feroce joie,

De sa loge a rugi

Mais de l antre de mort, s'échappe un rictianc,

Levez-vous, levez-vous, ô noble bestiane,

Volez à la victoire, à l immortalité!

Le lion va sortir de la loge prochaine,

Trois fois il veut bondir, trois fois sa lourde chaine

Pèse à sa liberte

Ses yeux lancent la flamme et sa faim excitée

Fait voir, gouffre beant, sa gueule ensanglantee,

L'assemblée a frémi d'un instinctif effroi.

Par bonds impétueux il court à sa victime,

Hadrien est debout, dans un effort sublime,

      Ranimé par sa foi.

O prodige transmis aux fastes de l'histoire !

Le visage du saint resplendissant de gloire

A dompté tout à coup le fougeux animal

Sa queue aux lourds anneaux s'abaisse et se déroule,

Il se couche à ses pieds et regarde la foule

      Dans son dedain loyal

A les voir, on dirait une statue antique,

Tant Hadrien est beau sous sa blanche tunique,

Les bras tendus en croix, les yeux leves au ciel !

Chrétiens disseminés sur ce champ de carnage,

A votre foi Dieu rend un éclatant hommage

      Dans ce nouveau Daniel

Lors l'intendant des jeux se lève, et de sa place .

« A ce chrétien, » dit-il, « peuple-roi, fais tu grâce ? »

La foule frémissante étend sur lui la main.

De nouveau l'intendant   « Qu'il meure à l'heure même

» Cet ennemi des dieux, si c'est le vœu suprême

      » Du peuple souverain ! »

Un prétorien obscur spontanement se lève,

De son bras menaçant il a brandi le glaive,

Aux applaudissements d'un peuple furieux.

Mais le soldat du Christ est frappé par derrière,

Le sang jaillit, le saint s'affaisse et sa prière

      S'achève dans les cieux

Des étages divers s'épanche un flot de têtes,

C'est la plèbe qui court à de nouvelles fêtes,

On n'entend bientôt plus qu'un murmure lointain.

Seulement un oiseau de son aile vient battre

Les sinueux contours du bel amphithéâtre,

      Desert jusqu'à demain

Sur un char éclairé de résines funèbres,

Le soir, deux confesseurs escortaient, aux ténèbres,

Les restes glorieux d'un illustre chrétien.

Or, quand le char franchit le mur des catacombes,

Ils se dirent entre eux : « Quelle est parmi ces tombes

    » La place d'Hadrien ? »

ENVOI.

Prêtre romain, pour qui j'ai détaché ma lyre,

Je vous ai dit comment, dans un pieux délire,

Votre illustre patron versa son sang pour Dieu

Pour vous, cher Adrien, il est une autre lice,

Un autre dévoûment, un autre sacrifice,

    Un autre baptême de feu

LE DEVOUEMENT D'UN ÉVÊQUE.

(ÉPISODE DE L'INSURRECTION DU 25 JUIN 1848)

Quàm speciosi pedes evangelisantium
pacem

S PAUL, *Epître aux Romains,* c x 15

I

Pour la fête du Christ Notre-Dame est déserte !

La grande basilique est vainement ouverte,

Du portique sacre nul ne franchit le seuil,

Dans l'immense vaisseau c'est la nuit, c'est le deuil

Dirait-on qu'aujourd'hui l'église catholique

Invite ses enfants au banquet symbolique ?

Comme au temps des Nérons et des Domitiens,

Ne peut-on célébrer les mystères chrétiens?

O reine des cités, à qui l'antique Grèce

Eût de ce sanctuaire envié la richesse,

Mes yeux cherchent en vain ce grand peuple auditeur,

Accourant aux leçons de son premier pasteur.

Châsses d'or et d'argent, éclatantes bannières,

Arceaux de fleurs, flots purs d'encens et de prières,

Vous manquez à la fête ! Abattu, consterné,

Sur les dalles du temple un prêtre est prosterné.

C'est le maître attendant ses oublieux convives,

C'est l'Homme-Dieu priant au jardin des Olives .

« Ce peuple, qu'on égare, invoque et sert ton nom,

» De grâce, épargne-le, Père saint et Dieu bon !

» Il adore une croix et brise une couronne,

» Il respecte l'autel et renverse le trône

» Or ce maître des rois souvent n'a pas de pain

» Et nos malheurs publics découlent de sa faim

» Tu te fais de l'oiseau la douce providence,

» Voilà pourquoi, Seigneur, j'implore ta clémence

» Donne à tous tes enfants le pain de chaque jour,

» Et nous te bénnions dans un commun amour,

» Fais rentrer au bercail la brebis qui dévie,

» Et pour un tel bienfait, Seigneur, reçois ma vie »

Touché de tes malheurs. terre de mes aieux,

Je sens des pleurs brûlants s'échapper de mes yeux

O cruelles douleurs! ô mortelle surprise!

Voyez seule à l'écart Jérusalem assise,

Pleurant, comme Rachel, son plus bel ornement,

Sa couronne d'enfants tombée en un moment

Où sont ces milles chars, ces brillants équipages,

Ces landaus élégants et leur suite de pages?

Savez-vous, dites-moi, quel terrible fléau

Vient de changer Paris en un vaste tombeau?

De l ange et du demon c'est la lutte sanglante,
D une classe aux abois c'est la justice lente
Holà ! laissez passer la justice de Dieu !
Tant volera le char qu'il rompra son essieu !
De deux partis rivaux c'est l immense hécatombe,
Sous les coups de Caïn c'est Abel qui succombe
Le bronze au loin vomit la foudre et son éclat
Est venu dechirer l'oreille du prélat

Pleure sur la cité, comme ton divin Maitre,
La prière et les pleurs sont les armes du prêtre
Le ciel t inspire-t-il, Pontife du dieu fort ?
On sème dans nos murs le carnage et la mort,
Ainsi que des béliers nos demeures bondissent,
Devant un tel combat les plus vaillants pâlissent
Au soleil africain nos généraux brunis
Contre le minotaure en vain restent unis,
Le monstre les étouffe, et chaque heure révèle
Une chute de plus une perte nouvelle.

Mais Dieu pour te sauver, France, étendra la main,

Le sang de tes martyrs fécondera ton sein.

D'un Attila saint Loup met en fuite l'armée,

A Marseille, à Milan, Belzunce, Borromée

Offrent leur vie à Dieu pour des pestiférés ;

Affre va ramener des hommes égarés.

Un ministre de paix intervient dans l'arène,

A l'exemple du Christ, il veut faire la cène,

Avec les insurgés être en communion,

De l'autel et des camps pacifique union !

II

Qu'ils sont beaux les pieds de cet homme !

Chacun le voit, chacun le nomme,

C'est l'agneau mis à la merci

Du loup avide de carnage ;

C'est l'arc-en-ciel pendant l'orage,

Il arrive, ô Dieu, le voici !

C est lui, c'est l'ange tutelaire,
Cœur ardent, esprit populaire,
C'est lui, c'est l'ange protecteur.
C'est lui, l'ami de la concorde,
Qui prêche la miséricorde,
Place au grand pacificateur !

Bon et généreux de nature,
Il a notre amour pour ceinture,
Et sa fermeté pour écu.
Au vainqueur il a crié trève !
Son bras a détourné le glaive
De la poitrine du vaincu.

Il est, oubliant sa chapelle,
Partout où le devoir l'appelle,
Partout ou le danger a lui.
Il n'a point éteint à l'aurore
La mèche qui fumait encore,
Vous qui soufflez allez à lui

Il passe! on présente les armes,

L'insurgé l'attend et des larmes

Trahissent sa morne stupeur

Un ouvrier, pris à la grève,

Tenant un rameau qu'il élève,

A précédé le bon pasteur

Voyez cette figure auguste,

Où respirent la paix du juste,

Le calme et la sérénité

Quelle reine ou quelle humble fille

A ce regard si pur ou brille

Tout le feu de la charité?

Il a franchi la barricade,

Et le feu de la fusillade

Par enchantement a cessé.

Il va parler de ce calvaire,

Devenu son trône et sa chaire,

Et chacun vers lui s'est pressé

Ecoutez sa parole sainte

Son esprit ignore la feinte

Et l'art des discours captieux

Il dit ainsi que Dieu l'inspire,

Il peut dissiper d'un souffle

Les complots des séditieux

Jamais voix plus douce et plus tendre

Au peuple ne s'est fait entendre,

Depuis que le Nazaréen,

Dans sa simplicité divine,

Déroulait sa haute doctrine

A l'orgueilleux Sadducéen

« Au nom de Jésus mort pour expier nos crimes,

» Au nom de cet agneau pour nous tous immolé,

» Hommes faibles et forts, cruels et magnanimes,

» Arrêtez! nous pleurons déjà trop de victimes,

    » Déjà trop de sang a coulé !

» Ah ! pourquoi cédez-vous à des conseils perfides ?

» Votre cœur est doué de sentiments plus doux,

» Aveugles instruments de passions cupides,

» Jetez avec horreur vos armes fratricides,

         » Et que la paix soit avec vous !

» Oui, tout gladiateur périra par le glaive,

» Disait le divin Maître en discours si touchants,

» Aimez vos ennemis, imitez, enfants d'Ève,

» Votre Père des cieux, dont le soleil se lève

         » Sur les bons et sur les méchants

» Mais quel doute assombrit vos visages sévères ?

» Auriez-vous le souci des soins du lendemain ?

» A chaque jour sa peine, et des plaintes amères

» Ne toucheront point Dieu qui connaît vos misères,

         » Tout don découle de sa main

» Des bienfaits du Très-Haut conservez la mémoire,

» Dieu de ses serviteurs peut tenter la vertu :

» Quel est du lis des champs le travail méritoire ?

» Qu'il est beau toutefois ! Dites si dans sa gloire

  » Salomon était mieux vêtu ?

» Heureux celui qui souffre, heureux celui qui pleure !

» Au royaume des cieux ils seront consolés.

» Heureux le vagabond qui n'a pas de demeure !

» La vie est un passage et déjà voici l'heure

  » De rappeler les exilés. »

  Il disait La foule muette

  Écoutait cet autre prophète,

  Cet autre député de Dieu

  Soudain se rouvre le cratère,

  Le bronze tonne et l'atmosphère

  S'emplit de fumée et de feu

Le génie ailé des tempêtes

Promène son char sur nos têtes,

Les feux du jour sont obscurcis;

Et dans un ciel chargé de poudre,

Des nuages portant la foudre

Pèsent sur nos rangs éclaircis.

L'orage éclate, l'éclair brille,

Et la place de la Bastille

Paraît couverte de mourants,

L'onde ravive plus hardie

La flamme d'un vaste incendie,

D'où partent des cris déchirants

Sous les bombes les toits s'écroulent,

Et par flots amoncelés coulent

Les plombs en ébullition

Dieu sur la ville hier si belle,

Aujourd'hui traitée en rebelle,

Jette sa malédiction

III

Du mondain dédaigneux quand le cœur s'ossifie,

Le prêtre, tout amour, gaîment se sacrifie

Au banquet des heureux, il se tient à l'écart,

Mais, au deuil du foyer, il réclame sa part

Du calice obligé que notre main repousse,

Et sa lèvre nous rend son amertume douce

Ange des bons conseils, ami des jours mauvais,

Ce Titus compte aussi les jours par ses bienfaits.

A son œuvre jamais l'apôtre ne succombe,

Il prend l'homme au berceau, le suit jusqu'à la tombe,

Il assiste la veuve et pleure à son grabat;

Au bagne, il va traîner le boulet d un forçat;

Des cachots il gravit aux plus humbles mansardes,

Pour y parler de Dieu, pour y laisser ses hardes,

Ainsi que saint Martin divisant son manteau

Ou, comme Affre, il mourra pour sauver son troupeau,

Benissant à ses pieds l'enfant de quelque crèche,

A l heure du péril, il s'elance à la brèche

Jaloux de faire entendre un langage de paix,

Il fend des mutinés les boulevards épais.

Orphelins qu'il aimait de l'amour d'une mère,

Indigents délaissés, qui pleurez votre frère,

A la guerre civile il fallait un martyr ;

A la balle ennemie Affre est venu s'offrir,

L'héroisme n'est pas le fait du seul zouave,

Sous la robe ou le froc peut battre un cœur de brave

Par le plomb meurtrier mortellement atteint,

Il tombe et de son sang le carrefour est teint.

Genéreux citoyen, qu'une main protectrice

Defende au moins son corps étendu dans la lice !

IV

Au bruit de ce malheur, la cité se troubla,

La nef de Notre-Dame à l'instant se voila

Jusque dans leurs foyers les femmes retirées,

Sur la place publique arrivaient éplorées,

Et courant prévenir un message trop lent,

Recherchaient les détails de ce drame sanglant.

« Il se meurt ! » disait-on, et la foule glacée

Par un frémissement traduisait sa pensée ;

Et chacun, l'œil en pleurs, s'éloignait atterré

« Oh mon Dieu ! prends pitié de ce peuple égaré ! »

Murmurait le prélat, qu'une femme adultère

Cherchait de ses deux bras à soulever de terre .

« Je vous donne ma paix, » ajoutait le blesse ;

» Que mon sang, ô Seigneur, soit le dernier versé !

» Ce troupeau. c'est le mien et tout bon pasteur donne

26

» Ses jours pour son troupeau ta loi sainte l ordonne,

» Répondant à la voix qui m'appelait ici,

» J ai quitté tes autels et j ai dit Me voici! »

V.

Il traverse nos rangs, couche sur sa civière,

Et sa main nous bénit, à cette heure dernière

« Dieu sauve Monseigneur ! » dit la foule, et ce cri

Fait sourire un instant l'archevêque attendri.

Or, comme il est l'objet d une pitié sterile

Affre voit un heros dans un garde mobile.

A peine compte-t-il quinze ou seize printemps.

Mais chez lui la bravoure a devancé les ans.

Quand tout fut englouti sous le flot populaire,

Pour dompter l anarchie, il marcha volontaire,

Et s'armant du mousquet d un invalide absent,

Il se leva sou lain et s'écria « Présent! »

Quelque trait acéré, parti d'une main sûre,

Tailla sur ce beau front une large blessure,

Un bandeau, que sa main noua négligemment,

Arrête mal le sang qui jaillit par moment

« Viens, » lui dit le prelat, viens, que je te décore

» De la plus belle croix dont un chrétien s'honore,

» Pas un de cet honneur n'est plus digne que toi,

» Porte-la, mon enfant, en souvenir de moi. »

— Monseigneur, » répondait confus le jeune garde,

« Jusqu'à mon dernier jour sur mon cœur je la garde »

Et tandis qu'il s'incline et se signe à la fois,

L'archevêque à son cou passe sa croix de bois.

VI

Celui qui soutenait ta nombreuse famille,

Qui ramenait ton fils et bénissait ta fille,

Va mourir, insurgé, de cette même main

Que le prêtre pressa tant de fois sur son sein

Que le ciel à nos vœux redevienne propice,

O Dieu ! daigne agréer un si beau sacrifice !

Encore un peu de temps et le sombre caveau

Se sera refermé sur ce martyr nouveau.

A son lit d'agonie, à son lit de parade,

Venez tous de la mort recevoir l'accolade .

Vous d'abord, élevés à l'ombre de l'autel,

Qui portiez devant lui la croix et le missel ;

Et vous, ses assesseurs pendant le saint mystère,

Lévites revêtus du sacré caractère ;

Vestales qui vivez dans vos pauvres enclos,

Garde urbaine ou mobile, intrépides héros,

Si grands dans l'action, plus grands dans la victoire,

Qui vous couvrez en juin d'honneur, sinon de gloire ,

Phalange de croyants, fidèles et gentils,

Chefs de tous les drapeaux et de tous les partis,

Vous tous, enfants, vieillards, de tout rang, de tout âge,

Accourez lui porter votre dernier hommage,

Venez, que le mourant, dans un suprême adieu,

Recueille vos soupirs et les emporte à Dieu !

« *O mort,* » dit le sénat, « *saintement héroique !* »

Déposez à ses pieds la couronne civique,

Gardes, religieux, vestales et prélats,

Qui combattez chacun vos différents combats.

Patronne, et toi, martyr de la vieille Lutèce,

Geneviève, Denis, tressaillez d'allégresse,

L'âme du saint pontife au ciel prend son essor.

L'Église militante inscrit au livre d'or

Un confesseur de plus, et le pays de France,

Un héros qui nous crie   espérance, espérance !

Ainsi s'est accompli, dans une œuvre de paix,

Le plus beau dévoûment parti d'un cœur français

Ainsi venait tomber, au sein de nos murailles,

Le pasteur accouru pour sauver ses ouailles

Or quand notre ambassade au Pape eût dit cela,

Sur sa soutane blanche une larme perla

LE PARALYTIQUE.

SIMPLE REQUÊTE A MM LES MEMBRES DU CONSEIL
DE L'UNIVERSITL

> Domine, hominem non habeo,
> dum venio enim ego, alius ante
> me descendit
>
> S JEAN

« En ce temps-là, » dit Jean, le divin annaliste,

L'apôtre de l'amour, le doux évangéliste,

« Le Christ Verbe de Dieu, fait chair à Bethleem

Pour la fete des Juifs vint à Jérusalem,

L'Hecube des cités, dont le Maître dut faire

Un océan de sable, un immense repaire *

Il était au forum un vaste réservoir,

Une piscine sainte au magique pouvoir

Aveugles et boîteux, lépieux, paralytiques,

Malades de tout rang, emplissaient ses portiques,

Pêle-mêle entassés, parqués en vil troupeau,

Tous hâtant de leurs vœux le mouvement de l'eau

Messager bienfaisant de l'Esprit qui féconde,

Un ange au temps marqué venait agiter l'onde

L'onde à peine agitée, était guéri soudain

Le premier descendu dans ce merveilleux bain

Or, depuis trente-huit ans, perclus et grabataire,

Un vieillard était là, foulé, gisant à terre.

Jésus à son aspect fut ému : — « Vous aussi,

» Cherchez-vous, » lui dit-il, « la guérison ici ? »

— « Ayez pitié de moi, Seigneur ! on m'abandonne,

» C'est en vain que j'appelle à mon secours, personne!

* Dabo Jerusalem in arvos arenœ et cubilia draconum
JEREMIE, c IX 11

» Personne dont le bras me plonge, au temps prescrit,

» Dans le bassin sacré qui ranime et guérit;

» Et tandis qu'à grand mal lentement je m'avance,

» Un autre plus dispos sans peine me devance. »

Messieurs, tel est le monde et tel est le destin,

Tout convié ne peut prendre place au festin,

J'attends depuis quinze ans aussi que mon tour vienne

Car ce perclus, c'est moi, cette histoire est la mienne.

S'agit-il de briguer le plus modeste emploi,

A ses compétiteurs l'intrigant fait la loi,

Il invoque au besoin de prétendus services,

Des vertus de famille et quelquefois des vices.

Le poste est obtenu que plus d'un nom obscur

Sollicite humblement encor l'admittatur.

Le talent lutte en vain contre le nepotisme,

La courtisanerie et le favoritisme,

Pour le vulgaire il reste à l'état d'incompris,

Où règne la faveur le mérite est sans prix

Le moindre ministère est une place forte,

Qu'une tactique habile habilement emporte.

Tel client y parvient par tel patricien,

Et du petit au grand tout client a le sien.

Tel autre est arrivé par camaraderie,

Tel sent sa prévôté, tel sent sa seigneurie,

Tel même d'un valet se fait un piédestal ;

L'intrigue de nos jours est un bon capital.

Pour moi, jouet des vents, batelet sans ancrage,

Feuille sèche, rameau qu'un jour brisa l'orage,

Fruit vert déjà piqué, tombé de l'arbrisseau ;

Jeu d'un mauvais génie et marqué de son sceau ;

Pour moi, flot que le flot roule en son lit de pierre,

Pour moi qui n'ai jamais soulevé de rapière,

Qui ne possède rien, ni titre, ni blason,

Dont un bouge malsain est le seul horizon ;

Pour moi d'un monde fou le banni volontaire,

Qui ne suis en un mot, qu'un simple prolétaire,

Étoile sans rayon, acanthe sans tuteur,

Lierre sans mur d'appui, muse sans éditeui,

Je vois, à mon aspect, se fermer toute porte,

L'espérance s'en va comme une feuille morte,

Mon ciel de plus en plus semble se rembrunir,

C'en est fait de mon nom et de mon avenir

J'ai des larmes de sang, j'ai froid dans la memoiie,

Au souvenir confus de mes rêves de gloire,

Caressés trop longtemps, trop tard évanouis

Pour mes nuits d'insomnie et mes yeux éblouis !

Consumé sourdement sous la lave qui couve,

J'ai le cœur saturé d'épreuves ; ma dent trouve

Du sable dans le pain, dans chaque fruit un vei ,

Je sens peser déjà le manteau de l hiver ;

Le vent de l'esclavage a desséché mon âme,

Mon pas n'a plus de but, mon œil n'a plus de flamme,

Mon printemps est perdu sans retoui ; mon été

N'est qu'un jour sans soleil, une nuit sans claité ;

Toute illusion fuit, la iéalité nue

Retourne dans mes chairs sa pointe trop connue

Fatigues d un sentier aussi rude, mes pieds
Refusent leur service aujourd hui, je m'assieds

Ce n'est pas cependant que mon esprit dédaigne
Les arides leçons que l'étude m'enseigne
Ce n'est pas que je veuille, insensé, m'affranchir
De la commune loi qui ne saurait fléchir.
Douce nécessité du travail, sois bénie !
Honneur à qui t accepte ! honte à qui te renie !
Distraction des grands, du pauvre seul trésor,
Au plus petit talent tu sais donner l'essor.
Mais d un labeur sans fruit j'occupe ma journée,
Ma tâche de forçat n'est jamais terminée,
A rouler un rocher, nouveau Sysiphe, hélas !
A remplir un tonneau vide on peut être las.
Je ne précise rien, mais seulement j'observe
Que la seule vertu du faible est la réserve.
Si vous n'êtes pas fort soyez au moins discret .
Celui qui vous emploie a le droit au secret

Cet aveu fait. je dis, sans toucher aux broussailles,

Ce qu'on crie à Paris, ce qu'on pense à Versailles

Le service public demande à son agent

Plutôt un zèle outré qu'un docte contingent

Le travail des bureaux au principe est conforme,

La routine maîtresse en tout prise la forme,

L'esprit ne cherche pas, c'est la plume qui court ;

Pour le bien général ainsi chacun concourt.

Des maîtres d'écriture on recherche l'émule,

Une main exercée à mouler la formule,

A transcrire au galop et fort élégamment

Ce que le rédacteur trace négligemment.

Polyglotte disert, lauréat de lycée,

Sachez polir la phrase et mouler la pensée,

Pour aligner des mots qui se heurtent parfois

Comme un leger troupeau de daims mis aux abois

S il veut paître, le bœuf doit se rendre au pacage,

Le chien aime sa chaîne, et le serin sa cage.

C'est à jeter au vent et palette et pinceaux

Mais pourquoi me pourfendre et brûler mes vaisseaux ?

Pourquoi sur un passé, noir fantôme, vaine ombre,

Greffer un avenir aussi triste que sombre ?

Non, à des jours meilleurs je ne dis pas adieu ,

Messieurs, j'espère en vous comme je crois en Dieu

J'entrevois, je pressens une halte, une trève.

Quand l'alcyon blessé se débat sur la grève,

Un chaud rayon vient-il le ranimer un peu,

Il rajuste son aile et son corsage bleu,

Puis s'élance à nouveau sur la plaine liquide

Un mot de vous, Messieurs, brise ma chrysalide,

Touchez-moi seulement de votre sceptre d'or

Et mon rameau flétri va reverdir encor

Tel on voit le mineur, piqueur infatigable,

Enseveli vivant dans la crypte friable,

Par le gaz délétère asphyxié soudain,

Fuir précipitamment l'atelier souterrain

Lors hissé par le treuil jusqu'aux premières veines,

Il aspire du ciel les plus douces haleines ,

27

Il renaît, sa pâleur fait place à l'incarnat,

Éteints d'abord, ses yeux reprennent leur éclat,

Le premier mouvement de son âme ravie

Est un élan vers Dieu, source de toute vie,

Puis, bravant derechef quelque danger nouveau,

Il rentre dans la nuit y chercher son tombeau

Conservateur adjoint d'une bibliothèque,

Savourant à loisir et Tacite et Senèque,

Quel orgueil est le mien, si l'Université

Daigne un jour m'elever à cette dignité

Ami de la retraite et de la solitude,

Homme de cabinet je suis, ne pour l'etude,

Elevé par un sage au barreau destiné,

Dans un grenier obscur un matin confine,

Pour malice d'enfant, j'y decouvre ô merveille !

Un bouquin oublie, pourri dans sa corbeille,

Du *Paradis perdu* c'est la traduction,

Cela seul decida de ma vocation

Je fis le lendemain sottise sur sottise,

Bon geôlier ma duègne en fut toute surprise

A renfort de pensums reconduit au grenier,

J'accourus libre enfin au bienheureux panier,

Et je repris la page à demi devorée,

Milton nourrit ainsi mon enfance dorée

Réduit à partager le sort de la fourmi,

Pour la gloire des camps mon cœur n'a point frémi

Aujourd'hui que je touche à mon septième lustre,

Que le cadran décline et que l'âge me frustre,

De l'honneur de combattre au sein de la cité,

Pour la cause de l ordre et de la liberté ;

Aujourd hui que je suis trop vieux pour la bataille,

Et qu'une épée, hélas ! ne va pas à ma taille,

Une mine de plomb est tout mon arsenal,

J'y puise chaque soir mes notes de journal

Quelquefois la pensée en sort légère et rose,

Hier elle était lourde, inquiète et morose

Le vers tout équipé s'en échappe souvent

Et va caracoler sur les ailes du vent

Tout-à-coup le crayon sur mon album s'arrête... .

Vite un Monosyllabe, assez mauvaise tête,

Provoque son voisin en combat singulier ;

C'est le signal qu'attend mon essaim écolier

Ici, telle Voyelle insulte sa Consonne ;

Avec l'Elision la Diphthongue raisonne ;

Là c'est un Hiatus qui tire mon pourpoint ;

La Virgule se plaint hautement de son Point ;

Une Rime assez pauvre en brave une plus riche,

La Césure maligne entraîne l Hémistiche

Quand la troupe mutine assiège mon bureau,

Où plus d'un combattant reste sur le carreau.

Le trouble est général et le tumulte extrême,

C'est la guerre civile avec ceux que l'on aime.

Les plus audacieux escaladent mon front,

Qui d'une tache d'encre aura subi l'affront

Quatre mètres carrés de cellule est la lice
Où s'engage le feu d'une ardente milice

Cependant tout ce bruit, cliquetis sans pareil,
Vibrant à mon tympan, hâte enfin mon réveil.
D'un coup d'œil j'ai sondé la vile multitude,
Je vois mes fous, je ris de leur sombre attitude
Mon plan organisé, je viens, je suis venu,
Je relève partout mon pouvoir méconnu,
Je disperse des mots qui hurlaient sous l'obèle,
Plus loin je fais captive une âme rebelle
Un nain, autre David, armé de mon butin,
Osait déjà toiser un bon Alexandrin,
Mais sans bruit il s'esquive et tout rentre dans l'ordre,
Chacun de déplorer cette heure de désordre.
Une plume à bec d'oie est mon seul destrier,
Je le lance au galop sans frein, sans étrier,
Sur vainqueurs et vaincus et la poudre recouvre
Mes héros alignés comme des preux du Louvre

Ainsi de ces lutins finissent les ébats ,

Tel est mon champ d honneur et tels sont mes combats

Mais ma lampe s eteint et sur la froide dalle

La lueur du foyer, brillant par intervalle,

Dissipe, éclair béni, la nuit autour de moi

Ce soir s'il plaît à Dieu. je mène le convoi

D'un âge de misère aussi terne que triste,

Qui se mariait mal avec un humoriste.

O mes bons vieux auteurs, je vais pouvoir enfin

Renouer avec vous des entretiens sans fin.

Plus heureux que Gilbert, appelant son Mécène

J'aurai trouvé le mien sur les bords de la Seine

TABLE.

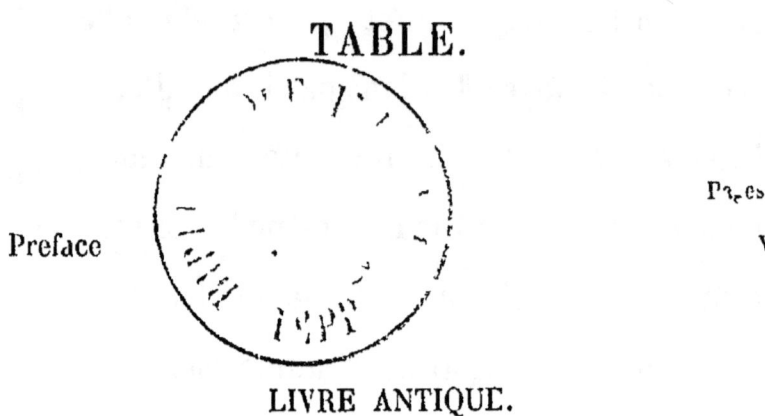

LIVRE ANTIQUE.

LIVRE MODERNE

Moulin, imprimerie de A. Masson

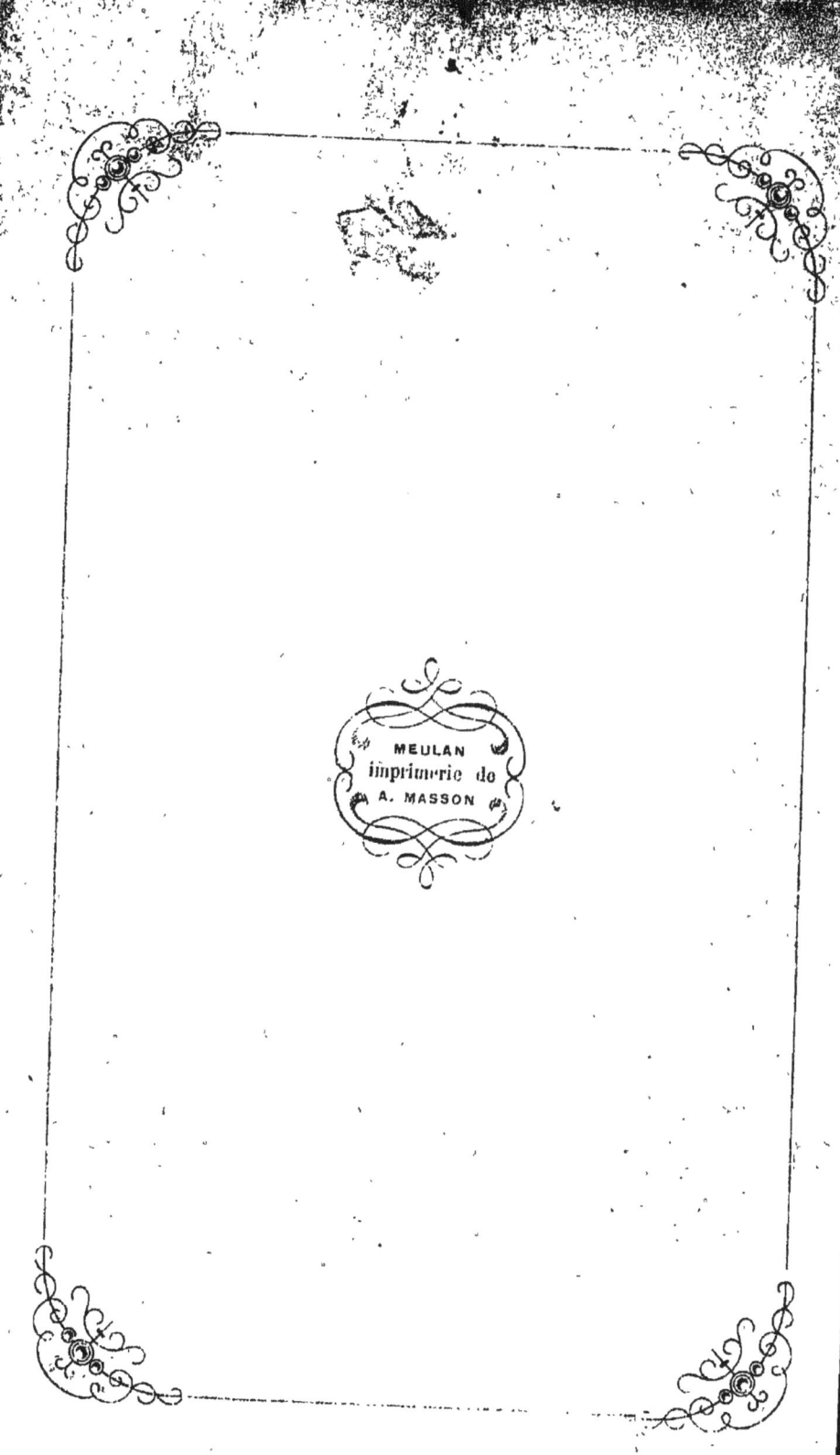

MEULAN
imprimerie de
A. MASSON

MEULAN
imprimerie de
A. MASSON

www.ingramcontent.com/pod-product-compliance
Lightning Source LLC
Chambersburg PA
CBHW070320030726
47505CB00004B/1040